U0807506

主编　凌翔

当代作家作品精选·散文卷

让阳光在心底盛开

司德珍　著

中国画报出版社·北京

图书在版编目 (CIP) 数据

让阳光在心底盛开 / 司德珍著 . -- 北京 : 中国画报出版社 , 2024.8
ISBN 978-7-5146-2387-1

Ⅰ . ①让… Ⅱ . ①司… Ⅲ . ①散文集—中国—当代
Ⅳ . ① I267

中国国家版本馆 CIP 数据核字（2024）第 064094 号

让阳光在心底盛开

司德珍　著

出 版 人：方允仲
责任编辑：程新蕾
责任印制：焦　洋

出版发行：中国画报出版社
地　　址：中国北京市海淀区车公庄西路 33 号　邮编：100048
发 行 部：010-88417418　010-68414683（传真）
总编室兼传真：010-88417359　版权部：010-88417359

开　　本：16 开（710mm × 1000mm）
印　　张：15.5
字　　数：160 千字
版　　次：2024 年 8 月第 1 版　2024 年 8 月第 1 次印刷
印　　刷：三河市中晟雅豪印务有限公司
书　　号：ISBN 978-7-5146-2387-1
定　　价：69.80 元

序言:《一米阳光》

沉香红

在2020年底，微信上增加了一个新的朋友——“秋心念”。经过一番交谈，我得知这位小伙伴来自孔孟之乡，名叫司德珍，是一位对文学充满热爱的八零后宝妈。她的梦想是把自己的生活经历用文字记录下来，分享给更多的人。

于是，为了可以更系统地写作，她加入了香红写作训练营。一开始，我对她的印象特别深刻。虽然，她并没有显赫的学历，也没有特别的天赋，但是她身上蕴藏着巨大的能量，踏实，勤奋，爱学习。因此，我也会主动找她沟通，鼓励她多写多发表。

随着时间的推移，我对司德珍有了更深的了解。她是两个孩子的母亲，为了孩子，她从工作多年的北京回到了山东老家，心甘情愿当起了“留守妈妈”；她是肩负责任的成年人，为了生活，她还打理着一家小店。好多人都无法想象，在这样繁忙的生活里，她是怎么做到在两年内发表400多篇文章的。

答案其实很简单：因为每天都有许多琐事需要处理，因为有自己的热爱要奔赴，所以她总是在黎明前早早起床，读书，写字，在写作的旅途上越走越远。她的坚持和努力，真的让人敬佩。

《让阳光在心底盛开》是司德珍的第一本书，也是她这几年来创作的精华所在。书中的文章大部分都曾发表在国内外各大报刊杂志上，受到了许多读者的喜爱。我相信，当你翻开这本书的时候，也会被其中那份朴实而真挚的情感所打动。

在她的笔下，每一篇文字都如同盛开的花朵，每一个段落都如同美丽的风景画。她的散文就像一座没有围墙的园林，无论是春夏秋冬的美好，还是草木花鸟的生动，都能在其中找到自己的位置。

在《让阳光在心底盛开》中，我们看到了更多平凡生活的小确幸。这不仅仅是一本散文集，更是一份对生活的感怀和热爱。司德珍用一颗温暖的心，将生活中那些被时间和疲惫遗忘的小细节重新点缀，用温柔的笔触，点燃我们心中对于生活的热爱。

每一篇散文都是一个小故事，或温馨，或治愈，或令人思考。她用真挚的情感、细腻的文字将这些小故事串成了一串串珍珠，让人不禁为生活中那些被遗忘的美好而感动。这种感动并非来自戏剧化的故事情节，而是源自那些细碎的生活细节，那些可能在匆忙生活中被我们忽视的点滴温暖。

司德珍以她特有的方式为我们呈现了一幅幅富有生活气息的画卷。或许在日常生活中我们无法触及的温暖与美好，都能在她的文字中找到共鸣。她让我们在文字里找到了自己的影子，仿佛在细细的品味中重新找回了生活的味道。

《让阳光在心底盛开》这本书，如同一米阳光，温暖而美好。希望你在翻开它的那一刻，能感受到生活里的明亮和温馨。

沉香红：中国作家协会会员、中国散文学会会员、畅销书作家、陕西省西咸新区作家协会文学院副院长、四川工商学院客座教授。

目　录

草木之心

四季之美

人间情重

心灵絮语

暖暖烟火

草木之心

三月桃花宴

春风吹了几吹，桃花便如期盛开了。三月，是桃花的世界；桃花，是三月的主角。桃红柳绿，说的是它；“千叶桃花胜百花”，赞的是它。

在我的老家，家家户户的小院里都植有一棵桃树，很随意地生长在房前屋后。平日里，鲜有人注意到它，可一到阳春三月，它便不得了了，大张旗鼓地开启了一场视觉盛宴。人随便一抬眼，就能看到一树的水粉嫩红，在阳光里流影飞溅，把破旧的茅草屋都映衬得浪漫旖旎起来了。

这个时节，大人孩子都爱在桃树下驻足，仰望。人人心中欢喜，个个面带笑意。大人们喜欢桃花，是喜欢它带来的视觉盛宴；孩子们喜欢桃花，是喜欢它带来的味觉盛宴。

记忆里，桃花才刚刚鼓出花苞，我们孩子就耐不住性子了，缠着大人一遍一遍地追问：“可以去摘桃花了吗，可以做好吃的了吗？”大人们一遍一遍地答：“再等等吧，要等到桃花开得浓烈的时候，做出来的食物才好吃呢。”我们等呀盼呀，终于等到大人们说：“你们马上要有口福了。”那颗焦急的心才稍稍放松。

摘桃花，一般选在早晨。那会儿，桃花的花瓣里还噙着露珠，正鲜嫩着。天一亮，母亲就站在桃树下了，她将桃花一朵一朵摘下，放到脚边的竹篮里。偶尔有风袭来，荡起一阵桃花雨，细细碎碎的花瓣就飘落在母亲的头发上、肩膀上、眉睫上。远远望去，母亲也如桃花一般温柔。

掉落在地的桃花，母亲是舍不得浪费的，把它们都一一搜集起来，去除杂质后，洗净控水。控干水的花瓣，一部分用来捣碎，取花汁；一部分掺上蜂蜜、花生碎等食材，做桃花酱。然后，母亲把糯米粉、桃花汁和水按比例混合，反复抻揉成面团，再擀成一张一张的糕坯，包上桃花酱，用专门的模具扣出桃花的形状来。最后，起锅上屉，小火慢蒸。

用不了多长时间，白白的热气瞬间升腾开来，空气里都是桃花糕的甜香，一圈一圈蔓延开来。从厨房到院子，从烟囱到天边，袅袅不断。这个时候，若是站在村外的山坡上眺望，小小的村落便成了人间仙境。家家桃花红，户户炊烟飘，天地间都是桃花的盛宴。

刚出锅的桃花糕，是粉嫩剔透的，泛着晶莹的光泽。轻轻咬上一口，黏甜有嚼劲儿，桃花的甜香和糯米的淡香在舌尖上荡漾开来，让人忍不住吃了一口又一口。

其实，桃花不仅能做桃花糕、桃花酥，还能煮桃花羹、酿桃花甜酒……那些童年的日子啊，因盛开的桃花，添了许多的甜蜜和欢喜。哪怕是多年后的今天，我看到一朵桃花，心里都是蜜甜的。

我知道，三月桃花开启的盛宴里，不仅有视觉的、味觉的，更有心底的。它的名字叫乡愁。这场盛宴里，有落了一身桃花的母亲，有裹着桃花香气的袅袅炊烟，还有桃花映衬下陪我长大的茅草屋。

风漾菜花黄

“溪添春水绿，风漾菜花黄。”和暖的春风里，油菜花如期盛开了。我跟几个文友，相约着去城外看菜花。车子刚停稳，我就一溜儿小跑钻进菜花地里。文友说，你这菜花地里长大的孩子，怎么还这般着迷呢？我笑，正因为是菜花地里长大的孩子，我对它才会格外地亲切着迷。

在我的记忆里，故乡的春天，简直是油菜花的天下。房前屋后有，稀疏的篱笆旁有，小河两岸有，广阔的田野里更有。风起云卷时，荡起层层叠叠的明黄艳丽，是一望无际的海洋啊。而这片海洋，就是我们孩子眼里的天然游乐场。

童年的幸福是属于菜花的。大人们在一旁干活，我们就在油菜田里撒欢儿，像奔跑的小狮子，你追我赶，任凭菜花的金黄沾染一身。看吧，衣衫上沾着菜花黄，发丝上沾着菜花黄，脸颊沾着菜花黄，欢声笑语里也沾着菜花黄……大人们见了，笑着摇头，道一声：“这群皮孩子呀，只有玩累了，才肯安静一会儿。”玩累了，我们就躺在油菜花丛间歇息。眯着眼看云卷云舒，看蝴蝶在花间翩翩起舞，看瓢虫在枝叶间爬来爬去，欢天喜地。眼睛看累了，就闭上眼听。听小虫们一展歌喉，“唧唧唧唧”，如催眠曲，听着听着，人就渐渐进入了梦乡。梦里有什么呢，还是大片大片的菜花黄呀。

大人们忙完了，才想起招呼孩子回家吃饭，可哪里还有孩子的身影啊，要去菜花地里觅。这边一个横着睡得娇憨，那边竖着一个还在梦呓。大人们轻轻拍打着孩子们的屁股，嗔怪着：“皮孩子，瞧瞧，都给累成什么样了，快别睡了，该回家喽！”孩子揉着惺忪的睡眼，看看菜花，再看看大人，恋恋不舍地回家了。走时，还不忘互相约定着，明天要早点来呀。

菜花开得最盛的时候，照相师傅也来了。他背着照相器材，行走在乡野里。脚步还未站稳，就被孩子们围在了中间，你一言我一语，争着抢着要拍照。照相师傅说：“要排好队一个一个来哦。”我们便乖乖听话了，按大小个头排队照相。终于轮到我了，我本想照一张文静的模样照片，但禁不住一旁小伙伴的招惹，在相机师傅按快门的一刹那，我“扑哧”一声，咧着嘴笑开了。等照片洗出来一看，我们摆的姿势虽不同，但每张笑脸都是幸福的模样，如菜花般灿烂明媚。

如今，当年的孩子都长大了，大家生活在不同的城市，平时甚少联系。但一到菜花盛开的时节，彼此间的联系就多了起来，话题里都是菜花里的童年时光，简单着，幸福着。

又逢梨花飘香雪

好友打来电话相邀，说：“郊外的梨花开了，咱们一起去看看吧。”还未等我回答，她又接了一句：“我记得，梨花是你的挚爱呀。”我笑，那是自然。但她并不知道，其实，我最初并不喜欢梨花的。

年少的时候，我父母在村外的山坡上开垦了一片果园，种了近百棵的梨树。一进四月，那片山坡就成了梨花的天下。一簇一簇的梨花，不急不徐地开着，从绿意弥漫中铺展开来，堆云叠雪般，烂漫在枝头，惊天动地着。远远望去，那片山坡含烟带雾，犹如人间仙境。

这样的景致，在我眼里并不美好。因为一眼望不到头的梨花里，藏着一眼望不到头的农活。十二三岁，正是爱玩的年纪。每天一放学，别的孩子扔下书包，就去村外的草地上放风筝、跳皮筋、丢沙包，而我和姐姐，却只能去梨园帮忙干活。学着父母的样子，给侧生较多的树枝剪枝；给簇生较密花朵疏花；还要给盛开的梨花授粉。尤其是，当那一串又一串的欢笑嬉戏声，穿过枝繁叶茂的梨树林，落进我的耳朵时，我对梨花又多了几分厌憎。只盼着它，明年可以少开花，甚至是不开花。

初次喜欢梨花，是从古诗词里开始的。

那天在课堂上，语文老师教我们念关于梨花的诗句，有晏殊的“梨花院落溶溶月”，白居易的“梨花一枝春带雨”，王雱的“海棠未雨，梨花先雪”，更有毛熙震的“梨花满院飘香雪”。念着念着，我所认识的梨花，便被古诗赋予了多情唯美的内涵。我在心底感慨着：原来一眼望不到头的梨花里，也有这般诗意呀。

课后，小伙伴围在我身边，无不羡慕地说：“你好幸福啊，每天都可以闻到飘香的白雪呢。”于是，在唐风宋韵的诗词里，在伙伴们羡慕的目光里，我对那一园子的梨花陡升好感。常有小伙伴，央求着我，去梨园赏花。他们站在梨树下，闭着眼，尽情地嗅着梨花的清香，一脸陶醉。

中学的时候，我对梨花的喜爱里，是存了感恩的。那年，学校要求定制春装的校服。父母看着缴费的单子犯了难，他们也想满足我订校服的愿望，但又拿不出钱。恰巧，祖母听城里的亲戚说，干梨花能用来泡茶，是可以卖钱的。她就带着我跟姐姐，去捡那些被修剪下来的梨花，一老两小，行走在梨树下，谁都没有抱怨的神色，满心都是期待。

我们把捡来的梨花，一朵一朵清理干净，放到阳光下晾晒。不过三四天的工夫，那些梨花就晒干了。祖母把这些干梨花装进篾篮里，挎到城里去卖，很快就凑够了校服钱。多年以后，我仍清晰地记着当时的情景，祖母坐在梨树下，一边数钱，一边念叨：“得亏今年的梨花开得多呀，不然，大人孩子可都作难了呀。”我的心就在那铺天盖地的香雪里，隐隐感动起来了。

又逢梨花飘香雪，在一场一场盛开的梨花里，我渐渐明白，生活有辛苦，也会有诗意；有困顿，也会有出路。去邂逅一场梨花的盛开吧，在春日，在枝头，在心间。

流苏花开四月春

四月暮春，桃李谢了，风中却传来流苏花盛开的消息。“佳缘全寄玉风媒，四月流苏誉美魁。”流苏花，是春天留给人间的最后一次凝眸浅笑，我不想错过这场花开，便趁着周末休息，约了好友去看花。

流苏树，为落叶小乔木或灌木，木樨科植物。树形端庄秀美，花形纤细如丝，似古代女子服饰上丝绒做成的流苏穗子，故而得名。它常于四月盛开，满树白花，如覆霜盖雪，清丽宜人，亦称“四月雪”。又因流苏花含苞待放时，形似糯米，故也被称作“糯米花。它不仅名字美，盛开的花朵更是极美。流苏花开，不是一朵一朵地开，而是如烟花般炸开，团簇相拥，铺锦展绣。远远望去，整个树冠上堆云涌雪，香飘十里。“绿叶兮素华，芳菲菲兮袭予。”没有谁比流苏更担得起这样的赞誉。

流苏树，是国家二级保护植物，很是稀有，而上百年的流苏树更是难得一见。值得庆幸的是，我所在的城市里，有棵上百年的流苏树。千年小城，百年流苏。每一朵流苏花都像是从古代诗人笔下走来，渗透着优雅的气息，在春风中摇曳。一枚一枚的花瓣，轻轻地拂过小城的青砖黛瓦，清清甜甜的花香，波涛汹涌般袭满了小城。

这个时候，树冠上挤满了成群结队的蜜蜂，它们哼着小调，“嗡嗡嗡，嗡嗡嗡”，惬意地采着花蜜。一向爱热闹的蝴蝶们，不甘落后，它们穿着彩色的衣衫，在花枝间翩翩起舞，嗅嗅这枚叶，吻吻那朵花，忙得不亦乐乎。和煦的阳光，落在流苏树上，覆在树上的鸟雀身上，每一根羽毛都在闪闪发光，它们“唧唧啾啾”，诉说的情话里，都溢满了金色的光芒。多么灿烂热闹的景象啊，是杜甫笔下的盎然诗意：“留连戏蝶时时舞，自在娇莺恰恰啼。”

这个时候，树下的游人络绎不绝。这个昂头赏花，那个轻嗅花香，每个人的脸上挂着笑意。我看见，几位暮年的阿姨在树下直播，她们且歌且舞，满头的银丝如流苏的穗子，随风飘扬，自带光芒。即便夕阳近黄昏，也有无限好啊！我看见，几个稚童在树下玩耍，他们追着地上的花影，蹦蹦跳跳，你踩一下，我踩一下，就这么玩着，兴致勃勃。我看见，同我一样的中年人，抛开琐碎的柴米油盐，与三五好友在树下品花言欢，笑意盈盈。“浮生偷得半日闲，一缕花香也醉人。”

元代梁曾有名句曰：“拚一醉留春，留春不住，醉里春归。”拚命畅饮，欲要挽留春光却挽留不住，乘着酒醉，春天又偷偷离开了。我想，与其惆怅春光留不住，倒不如怜取眼前景。看一场流苏花开，邂逅一场俗世生活里的岁月静好。

微风起楝花

春末夏初，正是楝花飘香的时节。我惦念着生态园里的那棵楝子树，想看看那如梦如幻的繁花，想闻闻它素雅的清香。

周末，我如愿去了生态园。此时，花事已过，园子里呈现出绿肥红瘦的景象。偶有清风袭来，带着熟稔的香气，我的心便跟着欢腾起来，不禁加快了步子。果然是楝花开了，一簇簇，一团团，迎风怒放，满树的云蒸霞蔚。抬头仰望，淡雅的粉紫色迷离了双眼，心莫名地被一种思绪填满，脑海里跳出一首诗来：细雨生榆荚，微风起楝花。寂寥虚客况，漂泊感年华。骨肉两相远，谁能不念家。

刹那间，眼前便晃过故乡的小院，晃过院子里的楝子树。那棵树在院子的东侧，是父亲和母亲一起种下的。那天母亲赶集买回来一棵小树苗，细小的枝芽，看不出是什么树。父亲挖好树坑，母亲就把树苗立在坑里，用双手扶着；父亲则负责浇水，培土，他俩认真且小心，仿佛是在做一件了不起的事。母亲告诉我们这是楝子树，楝子就是“恋子”，等以后我们长大了，无论走多远，都有楝子树等我们回家。母亲说这话的时候，眼睛里有不易察觉的落寞。

楝子树好养活，不过几年工夫，就长得又高又壮。平时，我很少留意到它，总要等到满院幽香的时候，才惊喜地发现，呀，楝子树开花啦！每当这个时候，母亲都会在树下忙活，或缝补衣服，或择菜洗菜。她时不时地抬头仰望，目光柔和、深远，好像是在看那一树繁花，又好像是透过楝花望向了更远的地方。年幼的我怎么也不明白，母亲到底是在看什么。

楝花年年开，母亲年年望。只是我结婚那年，楝子树险些被卖掉。我是远嫁，父母怕我在经济上委屈，非要给我两万块嫁妆钱。我不经意间见他们在里屋数着零碎的钱，十块、五块、一块…还有一堆零散的毛票。父亲攥着这些钱，一筹莫展。他跟母亲说，加上存折上的还差七百多。

母亲沉默着，良久才开口，他爹，咱们再想办法凑凑，闺女嫁那么远，有嫁妆钱好傍身。父亲抽了口烟，说："上次伐树的老杨说，咱家的楝子树能值几百。"母亲一听，当即抬高了声音说："楝子树不能卖！"她深信着楝子就是恋子，家里种着楝子树，走得再远的孩子也不会忘记回家的路。

在那个时候，两万块钱在我家不算小数目。父母都是农民，土里刨食供养我们姐弟几个读书成长，哪有什么积蓄。况且，当时，同龄人结婚置办嫁妆有五六千块钱足够了。我跟父母说："他们没要彩礼，我也不要什么嫁妆钱。"可父母却说嫁闺女哪有不给陪嫁的，让我别操心了。我不知道他们是怎么凑够了钱，大概是低三下四去借的吧。他们把那些毛票在银行换成了崭新的钱，悄悄塞到我的行李箱里。

出嫁的前夕，我陪母亲在楝子树下坐了好久好久。她握着我的手，一再嘱咐："要照顾好自己，别惦记我跟你爸，有啥委屈就跟妈说，千万别为难自己啊。"我知道她心里的感伤，安慰她说："现在交通发达，我会常回来看你跟爸的。"

婚后，我才发现，回家的路纵然有各种便利的交通工具，可回家的计划总被大大小小的意外搁浅，回家的次数越来越少。母亲每每打电话的时候总会念叨：楝子树又长高了，比咱家院墙高出一大半了；楝子树发芽了，叶子可水灵了；楝子树开花了，整个院子都是香的；楝子树结果了，又大又青；楝子树上有喜鹊安家了，可热闹了……

恍惚间，我似乎看到母亲站在树下给我打电话的期盼，可我一次次让母亲失望，她的女儿太忙，忙着工作，忙着照顾小家，没有时间回来看看。想到这里，我鼻子一酸，眼泪就溢了出来。

我给母亲打了电话，告诉她暑假的时候，我一定回去。母亲很是惊喜，一个劲儿地问："真的吗，真的吗？"我答："真的，一定回。"

一帘月色覆桐花

四月，回乡下陪父母小住，恰逢桐花盛开。“等闲春过三分二，凭仗桐花报与知。”当桐花开得最热烈时，春便走到“懊恼春光欲断肠”的尾声了。然而，我有一树的桐花绚烂，又何须懊恼呢？

桐树就长在我家的院子里，高大威武。粗壮的枝丫在半空中蔓延，似撑开的巨伞，守护着古朴的小院。桐花开时，几乎看不到一片绿叶，枝头上密密匝匝的全是花，像漫天的小喇叭，蓬蓬勃勃，吹奏着生命的乐章；如驰骋沙场的女将军，坐姿端庄，眉宇间透着一股英气。远远望去，一树的紫光飞溅，是气势磅礴的旋律，是惊天动地的绚烂，令人惊叹不已。

千百年来，在文人墨客们笔下，桐花更是充满了别样风情与深情。

譬如诗人白居易，他笔下的桐花是思念：“月下何所有，一树紫桐花。桐花半落时，复道正相思。”他想着：元稹站在一树的紫桐花下，如水的月色将元稹的身影，晕染成朦胧的紫色。元稹在思念他，而他也正好在思念元稹，念念复念念。

譬如诗人李商隐，他笔下的桐花是祝愿：“十岁裁诗走马成，冷灰残烛动离情。桐花万里丹山路，雏凤清于老凤声。”丹山万里路，两侧盛开的桐花丛里，凤凰偕鸣。鸣叫声里，有老当益壮的老凤，更有前途无量的雏凤。这是诗人对其姨侄韩冬郎的赞赏与祝愿，“少年自当扶摇上，揽星衔月逐日光”，要盛开，要绚烂，要一往无前。

我最喜欢的是明代书法家黄姬水笔下的桐花：“山中长日卧烟霞，车马无尘静不华。石上酒醒天已暮，一帘月色覆桐花。”暮春时节，黄姬水携带着酒水，去山间赏花，此时，桐花正盛，他与之对饮。酒不醉人花醉人，不觉间，他便醉卧于山石上。等到暮野四合时才醒来，一抬眼，就看到一帘月色，轻柔笼罩在桐花上。这样的景象，是何等的静美；这样的时光，是何等的浪漫。

我也想要这样的好时光。于是，晚饭过后，我破例没刷手机，而是陪着父母在院中闲坐。母亲很是欢喜，煮了一壶茶，又端出两碟小点心，放在桐树下的石桌上。月亮升起来了，盈盈月色如薄绸子般覆在桐花上，荡起一层淡紫色的烟雾，美得如梦如幻。母亲递给我一块点心，说：“你小时候最爱吃了。”父亲呷一口茶，神色悠然，讲着我幼年的趣事。桐花影重重。恍惚间，我仿若看到了童年的自己，扎着两个俏皮的羊角辫，哼着欢快的童谣，在月色花影间蹦来跳去，无忧无虑。

风吹落一朵桐花，落在了我的肩头，我听见它的心语：最好的时光，不是诗意盎然，不是浪漫旖旎，而是爱和陪伴。

像蒲公英一样绽放

一场雨后，周末的气温颇为清凉，这在盛夏里是实属难得的。我不愿辜负这好时光，便带儿子去公园游玩。远远地就看到池塘里铺满了姹紫嫣红的荷花。我被吸引了过去，回头才发现儿子却没有跟上来，便赶忙返回去找他。原来，他被草地上不起眼的蒲公英吸引了，正饶有兴致地蹲在一旁观看呢。这些蒲公英绽放得很恣意，有的顶着一撮撮的明黄在草丛里绚烂着，有的托着一蓬蓬毛茸茸的小脑袋在风里跳跃着，别有一番景致。

儿子看到我，很兴奋地问，妈妈快看，那是什么？还未等我答话，就听到有人欣喜地喊道："呀，蒲公英！"我抬头望去，是一对母女，想来她们也被蒲公英绊住了脚步。我们坐在一旁，看孩子们在草地里疯了般的抛洒欢乐。他们一会儿摘朵蒲公英花别在耳旁，一会儿趴在地上吹那些毛茸茸的小脑袋，你一下，我一下，沸沸扬扬的"小伞"就在孩子们的欢声笑语里漫天飞舞。女孩的妈妈笑着感慨，谁能想到这么平淡无奇的蒲公英，也会带给孩子们源源不断的欢乐，果然世间万物都有各自的本事。

听闻她的话，我愣了一下，思绪回到了多年前。

那时候，刚毕业的我被分配到一个工厂的流水线上，每天重复着相同的工作，丝毫看不到进步的空间，这让我很是沮丧。那段时间，我只一味地怨天尤人，对工作既不努力也不用心，导致工作时屡屡出错而被领导批评。

这件事被母亲知道了，她并没有责怪我，而是让我休了一天假，带我去山野里散心。当时正是春光遍野，百花盛开的时节。我们走几步就能看到一团团花色繁茂的景象，娇艳欲滴的桃花，粉雕玉琢的海棠花，风姿绰约的紫荆花。很快，我就陶醉在一波又一波的花色里。

忽然，母亲问我："丫头，咱们一路看过来，你说那些花开得怎么样？"我答："很好，每一朵都很漂亮。"母亲又指着几株小小的蒲公英说："丫头，你看蒲公英也在开花呢，你觉得它们怎么样？"我低头望去，几抹不起眼的小花从乱草中探出头来，昂着小脸浅笑盈盈着，很明媚的样子，即使小小的身子被高大的茅草挡着，亦没有半分委屈，依旧欢呼雀跃地守着脚下的泥土。

我的心震了一下，答："它们也很美。"母亲拍拍我的肩膀，说："丫头，这世间的花草何其多，能被关注追捧的也不过是极少的一部分，大多数的花草都是如这蒲公英一样平凡普通的，可它们却在自己的土壤里，用力地活着，热热闹闹绽放出生命的精彩，人亦是如此。"

我明白了母亲的良苦用心，也被蒲公英的品质打动。回到厂里，我调整了自己的心态，不再得过且过地混日子，而是认真地坚守在自己的岗位上，一年后，我的努力得到了大家的认可，被评为了优秀员工。

我很感激这些蒲公英，是它们教会了我对生活的态度，也帮我度过了那段灰暗混沌的艰难时光。

风吹茉莉香

晨起，刚刚推开阳台的门，一股熟稔香气就扑面而来了，清新淡雅。不用猜，我也知道，定是茉莉花开了。

抬眼望去，果不其然。绿意盈盈的枝叶间，缀着几簇洁白的小花，散发着雪一样的光泽，晶莹剔透。有的正含苞待放，仿若犹抱琵琶半遮面，娇嫩的花瓣略显羞涩；有的已然绽放，倚着明亮的晨曦，眼波流转，身姿舒展又自得。我笑着俯下身，深吸了一口气，险些被花香撞个趔趄。香，真是太香了，在空气里缠绕，在房间里蔓延，丝丝缕缕，颇有汹涌不休的气势。怪不得南宋诗人刘克庄赞它是“一卉能熏一室香”呢。

这盆茉莉是我搬新家时，母亲托人从老家带来的。母亲一辈子没别的爱好，就喜欢侍弄花草。而在一众的花草里，她种的最多的就是茉莉。屋里的窗台上，屋外的花圃里，到处都有它们的身影。幼年的记忆里，一到夏天，我们家的小院里处处飘着茉莉香。祖母在茉莉香里缝衣服，纳鞋底；父亲在茉莉香里劈柴火，扫院子；母亲在茉莉香里洗衣，做饭；我和姐姐在茉莉香里嬉戏打闹。

幼年时，我曾问过母亲，为何偏爱茉莉。母亲说，因为茉莉的性子温柔娴静，像个善解人意的小媳妇，宜室宜家。受母亲的影响，我也喜欢茉莉。但我喜欢它，倒不是因为它的性子，而是因为它的味道。毕竟它在，我就能有一个茉莉香的夏天了。

我自幼挑食，瘦得跟小病猫似的。尤其是到了盛夏时节，受高温炎热的影响，更是对食物提不起兴致。母亲总为这事而头疼，也尝试了各种办法来哄我多吃一些，但都没有什么效果。那天，我正在院子里玩耍，母亲看着瘦小的我，心疼地问：“乖乖，你想吃什么，妈去给你做。”我歪着头想了又想，也不知道自己想吃什么。忽然，一阵微风袭来，茉莉花的香和甜就在我鼻尖缠绕不休。我当即脱口而出：“我要吃茉莉花饭。”

母亲一愣，忽而笑着说：“好好，咱们今天就吃茉莉花饭。”说着，母亲就去厨房里拿了个粗瓷大碗，摘茉莉花去了。见母亲真的去摘茉莉花，我生了好奇心，也不贪玩了，而是围在母亲身边，看她如何做茉莉花饭。

只见母亲把摘来的茉莉花清洗干净，又淘了把大米倒进锅里，添上清水，慢慢地用小火煮开。等到大米九分熟的时候，母亲就捏了一把茉莉花撒进锅里。没有多久，大米的糯香与茉莉的清香相互交融，香了整个厨房。我瞬间有了想吃的欲望。

饭做好后，母亲给我盛了满满一碗，我竟破天荒地全吃完了，这让母亲很是惊喜。打那以后，每到夏天，我家的餐桌上就有了茉莉花的一席之地。茉莉花粥、茉莉花饼、茉莉花炒鸡蛋……怎么吃都吃不够。

如今，我继承了母亲对茉莉花的喜爱，也继承了母亲的烹饪技巧。闲暇的时候，我会带着孩子在茉莉香里读书写字。孩子食欲不振的时候，我会将茉莉花融入不同的菜肴中，做出独特的美味，犒劳他的味蕾。

看着眼前的茉莉花，我默默地感叹着：这样的世界是多美好啊，有一代一代的母亲，一代一代的童年，也有一个又一个茉莉香的夏天。

榴花照眼明

“五月榴花照眼明，枝间时见子初成。”每次读到韩愈的《题榴花》，我记忆里的石榴树，总会不由分说地闪现出来。一树嫣红的花朵在阳光里忽闪着，热烈，惊艳，真的是照眼明呢。

石榴树长在外婆的小院里，倚窗而生。阳春三月，旁的花木早就跟着春风的脚步，一跃而起，迫不及待地绽放出娇艳的花朵，红的、粉的、紫的，一朵接着一朵，像争强好胜的娃娃，你追我赶，唯恐落了下风。唯独它，不去凑这个热闹，而是有条不紊地吐着嫩红的新芽。即便是我每天无数次从它身旁经过，都不曾留意它是什么时候，把嫩芽变成叶片，撑出一树翠绿的。

总要到了五月，风中传来繁花落尽的消息，它才登上舞台，于万绿丛中大放异彩，轰轰烈烈。翠绿的枝叶间，缀满了榴花，有的含苞待放，几枚娇俏的花瓣悄悄探出头来，似“千呼万唤始出来，犹抱琵琶半遮面”的豆蔻少女，美得妙不可言；有的已然盛放，柔软的花瓣嫣红似火，如西域的女子，艳而不俗，腰肢轻扭，便是无限风情。你看一眼，再看一眼，瓦蓝的天空下，嫣红配翠绿，着实令人惊叹！连低矮的茅草屋，灰沉沉的窗棂，都被它映衬得潋滟明媚起来了。

在这个时节，外婆常坐在石榴树下缝衣绣花。她带着老花镜，从针线笸箩里拿出未完工的绣活儿，开始飞针走线，打补丁，绣枕套，缝被面。那些花花绿绿的丝线，在外婆手里，很快就变成了一个个精美的图案，装扮着我们的生活。绣累了，外婆就放下针线，教我念诗。她坐在树下的躺椅上，摊开手里的书，逐字逐句地念着，念梅尧臣的“春花开尽见深红，夏叶始繁明浅绿”，念赵佶的“石榴繁翠渐盈枝，正是清和首夏时。”

在念到孔绍安的“只为来时晚，花开不及春”时，外婆给我讲了石榴树的故事：石榴树是跟随着张骞从西域来到的中原，因为到中原的时间比其他植物晚，所以才没有赶上春天，无法同别的花草竞相开放。听完，我不禁替石榴花遗憾，这么美的花，竟然错过了大好的春光，多可惜啊。外婆笑着摸摸我的头，说：“傻孩子，虽然石榴树远离故土，又错过了春天，但它从未抱怨气馁，而是从容地在陌生的泥土里扎根，发芽，开花，结果，欢欢喜喜过一生，多令人敬佩啊。”我抬头仰望，恰巧微风袭过，一树的石榴花在风里轻轻晃动，忽隐忽现的花影落在了外婆身上，岁月静好。

我居住的小区，也栽了几棵石榴树，是当风景观赏的。每到春末夏初，它便如期盛开，惊艳着初夏的时光。我每每路过，都忍不住停下脚步，挨着它坐坐，尽情地享受着花的明媚，仿佛回到了岁月静好的旧时光里。

就做一棵石榴树吧，即使是在他乡安家，也要勤勉生长，即使错过了春天，也会绚烂在初夏，欢欢喜喜。

生如夏荷

秋菊冬梅，春兰夏荷，每个季节都会有一款花草作为它的专属名片。

荷花是夏天的代表。自古以来，文人墨客对它很是青睐，留下了许多吟咏荷花的佳作。李商隐夸它性情率真，“唯有绿荷红菡萏，卷舒开合任天真”；王采蘋咏它风姿绰约，“亭亭翠盖覆华池，独立谁怜绝世姿”；周敦颐赞它品格高尚，“出淤泥而不染，濯清涟而不妖”。而杨万里更是用多首诗词写尽了荷花的一生。从初夏的“小荷才露尖尖角”，到盛夏的“映日荷花别样红”，再到冷秋的“绿池落尽红蕖却”，每一首诗词都令人动容。

我居住的小城里有一片湖，里面植了成片的荷，每到仲夏时节，荷花盛开，这片湖，便热闹起来，前来赏荷的人络绎不绝。

刚进六月，好友就迫不及待地相约：“荷花开了，咱们一起去赏荷吧。”此时正逢周末，我有大把的时间跟荷共度时光，怎能不去。我忙不迭地应着：“去，马上去。”遂挂了电话，驱车前往，一路欢呼雀跃，仿佛是去见一个久别的好友，心中陡然生出无限欢喜。

六月的荷，绿肥红瘦，大多的荷花还是半开的状态。它们羞涩地立在层层叠叠的荷叶间，犹如点睛之笔，让湖面灵动丰盈起来。荷花不同于其他花，花开的时候，高调炫耀，似敲锣打鼓般沸沸扬扬，唯恐旁人不知。荷开的时候，不吵不闹，几朵粉红，几朵雪白，错落有致地倚着一池绿水，浅笑盈盈，如娴静的小姑娘，眼眸里盛满清纯美好，把优雅之调演绎得淋漓尽致。看荷，也不像看其他的花草，满心满肺都是炽热的情愫，看荷，心会不自觉地变得安静恬淡起来，平日里再多的浮躁都在荷的跟前悄然褪去。

小时候，我常跟着祖母去村外看荷，从春到秋。祖母爱荷，大抵跟她这辈子的生活处境有关。祖母的娘家是地主，但她身上却没有好逸恶劳的习性。她嫁给我祖父后，更是终日劳动，没有过上一天享受日子。祖父家里穷，祖母要跟着他去队里挣工分换口粮。后来祖父去世，祖母挑起了一家人的生计，上侍公婆，下养儿女，苦熬了几十年，才得圆满，这些年里有多少辛酸，恐怕唯有祖母自己明白。

记忆里，祖母每逢遇到难跨的坎儿，都会去荷塘边小坐一会儿。我们很是疑惑，便问她缘由。祖母解释说，看看荷就有继续活下去的力气了。她还说，有的花草生在乡野的泥土里，稍微抻抻胳膊动动腿，就能探出头饱吸阳光，而荷花不同，它从淤泥里醒来，在黑暗冷水里拔节生长，还得化解周身的戾气，方才能探出头，触摸到阳光的温暖，开出明媚的花朵，这种坚韧超越了任何花草。祖母每每说起这些话，眼角都会泛起泪花。

幼年的我未经历过生活的艰辛，自然无法体会到这些话里的含意。那时喜欢荷，只觉得荷花好看，莲蓬鲜嫩，莲藕脆甜。只是随着年岁增长，阅尽千帆后，才爱它的品质多于它的观赏和食用价值。

此刻，我立在湖边，看着那满湖的荷，不由得涌出无限的敬意来。花也好，人也罢，在生命的长河里，谁都无法预料自己会遇见什么样的逆境。但我们唯有拼尽全力，在泥泞里挺起腰杆，拿出不屈不挠的气势，才能让生活绚丽多彩，才算不辜负生命一场。生而为人，当为夏荷。

花开不语自芳华

周末，带儿子去公园游玩。无意间发现今天来公园的人格外多，正纳闷着，又隐约听到大家说池塘里荷花开了，去看看吧。哦，原来这些人是为荷而来，既然如此，我也带孩子去赏荷花吧。

去往池塘的路要经过一片月季园，人们从园子里匆匆走过，直奔池塘方向。忽然，儿子问我："妈妈，月季花不漂亮吗？"我答："漂亮啊。"儿子又问："那它不香吗？"说着，他将鼻子凑了过去，自言自语道："很香啊，那大家为什么喜欢荷花而不喜欢它呢？"此时，园子里的月季花正一如既往地盛开着。大红、粉红、奶白、细白、鹅黄、栗黄，无论多高调的色彩在它们身上都会呈现出一种安静恬淡之调，像不善言辞的小媳妇，只一心过好自家的日子。

我跟儿子解释，不是大家不喜欢月季花，而是因为它四季常开，故而不是那么稀奇了。儿子歪着头想了一会儿说："我明白了，月季花像妈妈。"月季花像妈妈？我疑惑地看着儿子，他笑嘻嘻地解释说："桃花开了，我们会追着看，荷花开了，我们会追着看，可我们从来没有追着去看月季花。"儿子又说："在咱们家里，我偶尔洗一次碗，会得到全家人地表扬，爸爸偶尔做一次饭，也会受到全家表扬，可妈妈整天做饭洗碗，都没有人表扬妈妈……”

我怔住，细想，还真是这样。我们赞美桃花点亮了春天，赞美荷花缤纷了盛夏，赞美桂花浓郁了深秋。甚至，连偶遇到一朵蒲公英都会不由自主地惊呼：“看，蒲公英开花了！”可对于花开花落无间断的月季，我们竟选择了视而不见。

忽而想到了网上的那个小故事：一个小女孩跟妈妈吵架后离家出走，在饥肠辘辘的时候，街边的面食摊主递给了她一碗馄饨。女孩感动得直落泪。可摊主却说：“孩子，我只不过是煮了一碗馄饨给你，你就这么感激我，那你自己的妈妈煮了十多年的饭给你吃，你怎么不感激她呢？”女孩恍然大悟，有时候我们会对别人给予的一点儿帮助感激不尽，却从未感激过母亲对我们的辛劳付出。

我在月季园里停下脚步，细细打量着它们，一团粉红，一团淡紫，甚是明媚。这些月季花啊，在无人关注的时光里勤勉生长，花开灼灼，无时无刻都在装扮着公园的景致，从未吐露过一丝委屈之意。我的心在那一刻起了涟漪，天下的母亲都是如此的呀！正如我的一个朋友所说，母亲是一株花，爱是蕾，她必须绽放，她是安静的热烈，她是寂寞的璀璨，她在被忽略被漠视的日子里捧着一颗赤诚的心，默默奉献芳香。

如今想来，说月季花像妈妈确实很贴切，很形象。我跟儿子在月季丛中拍照，还时不时地跟路过的人打招呼：“停下来欣赏一下月季花吧，它美得一点儿也不含糊呢。”很欣慰，终于有人驻足，为这些安静内敛的月季花鼓掌，惊呼。

木槿朵朵开

是偶然间，遇到木槿的。

晨起跑步，远远地就看见那些花儿，在第一抹晨曦里，依稀可辨。一朵一朵紫红或粉紫，立在翠绿的枝叶间，意态缤纷。风吹过，花香拂面。那香味，幽幽的，淡淡的，清新而又雅致，令人在炎炎夏日里也能感受到阵阵清凉。

木槿，在吾乡又叫“篱笆花”。它们一排一排环绕着家家户户的小院，仿佛是天然的篱笆，守着古朴的小院，守着低矮的屋檐，守着院子里的鸡鸭。木槿花期长，能从新叶自成阴的初夏，一直开到风露凄凄的深秋。在这大半年的光景里，简陋的小院，也都被一丛丛的木槿花映衬得明亮了许多。

乡下，花多。在一众缤纷的花草里，木槿算不上翘楚。论色彩，它不如榴花艳丽；论身姿，它没有荷花挺拔；论香味，又不及茉莉芬芳。但，它却是最受欢迎的。

茶余饭后，大人们坐在自家门口，望着一丛丛盛放的木槿，总会由衷地赞叹，这个夸：“瞧瞧这木槿，多能开啊，就没见它偷过懒。”那个赞：“推开门，就能看到这样茂盛的花，多幸福啊！”在一片夸赞声里，木槿却不骄傲，依旧是一副气定神闲的姿态。只管安安心心地生长，欢欢喜喜地开花，如乖巧憨厚的小媳妇，守着一个家，细水长流地过着日子，踏实且贤惠。

木槿不仅深受大人喜爱，我们孩子也是极爱它的。晨起，我们姐弟几个贪睡，赖床不起。祖母来唤我们起床，她不像母亲一样拿着鸡毛掸子恐吓，只需轻轻说一句，我要去摘木槿花啦。这个时候，我们便知道马上就有木槿花的美食可以吃了。于是，不再偷懒，而是立马睁开睡得惺忪的眼睛，从床上一跃而起，刷牙洗漱，乖乖坐到饭桌前。不一会儿，祖母就把美食端上桌了，有时是清新甜糯的木槿白米粥，有时是鲜美爽口的木槿煎鸡蛋。我们边吃边感激，感激祖母的疼爱，也感激木槿花，让我们的日子有滋有味。

上学后，才知道历代的文人墨客也多有钟情于木槿的。唐代崔道融写：“槿花不见夕，一日一回新。东风吹桃李，须到明年春。”宋代杨万里写：“占破半年犹道少，何曾一日不芳来。花中却是渠长命，换旧添新底用催。”至此，我才知道，原来木槿是朝开暮落的，一朵谢了，另一朵又悄然盛开，生生不息。故而，它才能一直用饱满蓬勃的姿态，丰盈着我们的生活。

看着眼前的木槿花，我忽而感到热泪盈眶，眼前闪过一个又一个身影。他们是农民、环卫工，是教师、医生，是警察、消防员……是千千万万的平凡人。他们如木槿一般，纯粹而热烈地活着，勤勤恳恳，为社会大家庭默默奉献，无穷无尽。正因为有这些人的付出和守护，我们的生活才得以如花似锦。

秋在深处野菊花

几场秋风秋雨过后，秋就走到了深处。凛凛寒意里，百花蜷缩着，呈现出凋零的模样。而野菊花却在此时葳蕤起来了，光彩夺目，一片漫着一片，有种不声不响地热烈。我一下子想到了唐朝诗人王建的诗句：“晚艳出荒篱，冷香著秋水”。在满目的荒芜中，它真是不可多得的生机啊。

我打小就喜欢野菊花。这种喜欢，仿佛是刻在骨子里的。幼年的时候，我跟着外婆一起生活。外婆的院子后面是一片山坡，每逢深秋时节，那片山坡上就成了野菊花的天下。它们在秋露里开着花，密密的，一朵连着一朵，素白、明黄、粉紫、雪青……远远望去，如繁星，如瀑布，衬得简陋的小院都明亮了许多。它们在秋风里吐着香，幽幽的，一缕缠着一缕。隔着院墙，都能闻到它的味道，淡雅、质朴，温暖着肃杀寒凉的深秋。

那个年代里，乡下的我没有见过精美的玩具，也没有去过缤纷的游乐场。但，我有成片的野菊花啊。不上学的时候，我就跟几个小伙伴在野菊花丛里疯跑，恣意地泼洒着快乐。累了，就顺势一坐，或一躺，跟野菊花来一场亲密的接触。再不然，就顺手摘下几朵小花，插进头发里面装扮自己，臭美得很，也幸福得很。

野菊花盛开的时候，外婆也闲不住了，她常常挎着篾篮去山坡上摘野菊花。大抵是外婆因为整日干粗活，被风吹日晒的缘故，她又黑又瘦，着实是个粗糙的妇人。但，当她站在这片野菊花中间时，就莫名变得柔软起来。摘花时，她轻轻地弯下身子，细细地拨开野菊花的叶，将一朵朵小花摘下，放入篾篮里，举手投足间俱是优雅。那时，我总在一旁痴痴地想着，莫不是外婆也曾是一朵明艳的野菊花，只因为辛苦劳作，才失去了自己的光彩。

外婆把摘来的野菊花清洗干净，一部分用来煮粥，一部分晾干后泡茶。我最喜欢吃外婆煮的野菊花粥了。当年的新米倒入锅里，加入清水，小火慢煮，待到大米煮烂后，再加入野菊花和适量的冰糖，继续熬煮。用不了多久，野菊花的清香就与大米的糯香融合在一起，香喷喷的味道就在屋子里缠绕，在人的鼻尖缠绕，令人垂涎欲滴。每次我狼吞虎咽地吃粥时，外婆都会在一旁望着我笑，那笑容温暖得跟野菊花的脸庞似的。

许多年过去了，外婆去世了，小伙伴也都各安天涯，但野菊花还在。每每看到这些小花小朵，我的眼角就会不自觉地湿润起来。我总会想起幼年的欢乐，想起外婆摘花的优雅，煮粥的细致，还有她笑意里的疼爱。

因了野菊花的存在，这清冷的秋，就多了几分温暖。

因了野菊花的存在，回忆里的幸福就不会在时光里消散。

一篱秋色扁豆花

宋代诗人杨万里在《秋花》一诗里写："憔悴牵牛病雨些，凋零木槿怯风斜。道边篱落聊遮眼，白白红红扁豆花。"诚然，这个时节，是扁豆花的天下。百花渐渐凋零，唯有它，开始精神焕发地登场了，蝶翅般的小花挂在篱笆上，在秋风里荡漾着，风情无限。

没事的时候，我喜欢伏在二楼的阳台上，往下看。

楼下住着一对老夫妇，他们在小院的栅栏旁种了几株扁豆，葱茏的豆秧顺着栅栏攀爬着，缠缠绕绕，不分彼此。此时，扁豆花正呼呼啦啦地开着，一撮儿红，一撮儿白，红白相映，甚是灿烂明媚，引了不少路人的目光。

老夫妇说话的嗓门很高。有时候，我在二楼就能听到他们的对话。他们站在豆花旁，这个说扁豆结荚了，那个说扁豆成形了。接下来就是讨论扁豆成熟了该怎么吃，是清炒还是凉拌。你一言我一语，像孩童般争论不休。我看一眼扁豆花，再看一眼斗嘴时笑得眉眼弯弯的老夫妇，眼角慢慢湿润起来。岁月静好，莫过于这一方小院里的烟火气息。

扁豆在我的老家是一种很常见的植物。房前屋后，篱边院角，顺手撒把扁豆种子，不用刻意施肥浇水，只需一场雨水，就能破土而出，发芽长叶，开启一场生生不息的浓郁。扁豆拖秧的时候，也不用刻意立杆搭架。它会自己寻找依附的载体，顺着院墙爬，顺着树干爬，顺着电线杆子爬，恣意随性，颇有一副顺其自然、随遇而安的模样。等到扁豆结荚的时候，也是不用特意打理的，一串串豆荚从花叶间探出头来，像一群镶了紫边的月牙，熙熙攘攘，甚是繁盛。

在乡下，每到这个季节，扁豆便大张旗鼓地登上了家家户户的餐桌。酱烧扁豆、扁豆炒肉丝、扁豆拌面等，一样的食材可以有很多种吃法，每一种的味道都好极了。

我小时候最爱吃的是母亲做的素炒扁豆丝。快到饭点的时候，正在厨房里忙活着的母亲，冲着院子里正玩耍的我喊一声，丫头，去院墙上摘些扁豆回来。闻声，我欢快地跑到扁豆秧下，踩着小木墩子，摘下一串又一串的绿月亮，又小跑着送进厨房里。母亲把这些现摘的扁豆斜着切成细丝，备好葱姜蒜等佐料。然后，起锅热油，油热后倒入佐料炒出香味，接着再倒入扁豆丝。等炒匀入味后，扁豆也变熟了。最后，关火盛入盘中。炒好的扁豆丝平躺在白瓷盘里，油亮翠绿，氤氲的热气里似乎升腾着和风细雨的美好。夹起一筷子放进嘴里，脆嫩鲜美，带着扁豆独有的清香，让人回味无穷。

前两日回家看望父母，远远地就看到一院墙的扁豆秧，深深浅浅的绿叶，浓浓淡淡的小花，在秋日的阳光里兀自欢笑着。我的老父亲正听着小曲儿坐在豆花旁的藤椅上，一旁的茶几上是母亲给他沏好的茶，满满一搪瓷缸子。晒太阳、喝茶、听曲，惬意无比。

母亲见我来了，做了我最喜欢的素炒扁豆丝，清清爽爽的味道一如往昔。父母忙着往我碗里夹菜，笑眯眯地看我大口大口地吃菜。我感激着，感动着，这满架的扁豆花丰润了多少人间烟火，温暖了多少凡人之心。

朵朵牵牛伴清秋

秋天的花草里，有一种花是让人忽视不得的，那就是牵牛花。

时令到了仲秋，天气就凉了起来。尤其是一场夜雨后，气温出现断崖式下降。一些小花小草们，早已耐不住寒凉，接二连三地萎了精神，而牵牛花却依旧气定神闲地开着。红红蓝蓝的小花，簪在翠蔓绿叶间，旖旎灵动，分外吸睛。让遇见的心，长出一蓬一蓬的欢喜。

我乡下的老家，牵牛花遍地都是。从田间地头到山野阡陌，从篱笆土墙到屋前屋后，到处都有它们的身影。这或许，是因为乡下人宽容，只要不影响庄稼生长，就任由它们随便生长，随便开花。又或许，是因为牵牛花自个儿的本事，能让人容得下它。

祖母喜爱花，各种花花草草种了一院子。葱兰、月季、一串红……这种花开败了，那种花立马就会跟上，大有你方唱罢我登场的意味。故而，我家的小院从春到秋都是明艳着的。然而，在这些花草里，当数牵牛花最有气势。它们倚着篱笆生长，纤细的藤蔓四处攀爬缠绕，你中有我，我中有你，像亲密无间地姊妹们，各自生长，却又相互映衬。

幼年的时候，我曾突发奇想，欲要将牵牛花的藤蔓一条一条分开，但却发现，它们很是齐心协力，不是我的藤托着你的叶，就是你的蔓撑着我的花，哪怕是我把它们的枝叶弄得一片狼藉，它们仍是手挽着手的。这时，坐在一旁缝衣服的祖母，总会看着满头大汗的我，说：“傻孩子，别费力气了，这牵牛花跟人一样，单看一朵是娇弱无力的，但若是万众一心起来，能量却是惊人的很。”现在想来，它们能在一众绮丽的花草里闯出一番天地来，也多亏了这份齐心协力吧。

上初中时，才知道牵牛花也是文人笔下的常客。譬如，南宋诗人杨万里，曾挥毫泼墨，一口气写下三首关于牵牛花的诗词。“素罗笠顶碧罗檐，晚卸蓝裳著茜衫”，这是赞美它的色彩与形态。牵牛花，像一位天真活泼的少女，头戴斗笠，身着蓝裳茜衫，灵动不失优雅。“浪言偷得星桥巧，只解冰盘染茈姜”，这是赞美它的深情。牵牛花，是牛郎织女爱情的象征，它每一朵花里，都燃烧着一份天长地久的爱情。“木犀未发芙蓉落，买断西风恣意秋”，这是赞美它的洒脱。在木樨花未开，芙蓉已凋落的时节里，牵牛花迎着西风明艳着，美好而温暖。

我祖父在世时，也特别喜欢牵牛花。他是位郎中，乡里的人，谁有个头疼脑热的，都会找他。俗话说：“乡间无杂草，会用就是宝。”牵牛花，在祖父手里，成了名副其实的宝贝。乡下的夏天，蚊虫多，黄蜂蜈蚣也多。常有被小虫们蜇伤咬伤的人，前来找祖父讨药。这时，祖父就会随手摘几枚牵牛花的叶子，用手搓出黏液，涂抹在伤口处，很快就能止痛止痒。到了秋末，牵牛花的果实成熟了，祖父会把它们采摘下来，晾干，作为中草药使用。可泻水通便，可消痰涤饮，也可治疗小儿积食，实用得很。

前两日，收到发小发来的照片，照片里是我家小院的秋景。她说：“快瞧，你家的牵牛花开得多好。”彼时，我的祖父母早已去世了，我与父母也定居在城里。而小院里的牵牛花，却依然攀在篱笆上，守着简陋的小院，年年盛放如许，陪伴着一个又一个的秋天。这一瞬间，我的眼睛竟不由自主的湿润了。

秋韭花初白

晨起散步，不经意间就被邻居家院门前的韭菜花，牵住了视线。

那花，洁白。一蓬一蓬，盛开在绿意弥漫之间，似白衣少年，活活泼泼，素净惹眼。我像遇到了久别重逢的老友，眼角眉梢都是欢喜。这欢喜里，更多的是熟稔到骨子里的亲切之情。

乡下长大的孩子，有几个不识得韭花的？又有几个没有吃过韭花的呢？在我的故乡，谁家的菜园子里，不种着几畦韭菜啊。“漠漠谁家园，秋韭花初白。”金秋时节，韭花在菜园子里独领风骚。一畦一畦盛开的韭花，成波成浪，腾起一地乳白色的雾霭。风吹来，漾起层层叠叠的秋韭香。这香气，跟蒜香相似，却又比蒜香淡雅清新许多，直惹得人口舌生津。

在吾乡，人们是不把韭花当花赏的。它是我们的菜肴，用来填饱肚子，改善伙食。韭花盛开的时节，每到饭点，大人们总会吩咐自家孩子，别玩啦，快去摘些韭花回来。闻声，我们便挎上篾篮，蹦蹦跳跳着，往菜园子的方向奔去了。在我幼年的记忆里，我家黑色的土地里，开满了大片大片的韭菜花。摘完一篮，又一篮，怎么摘都摘不完。上顿吃完，下顿吃，怎么吃都吃不够。

韭花的吃法很多，可炒食，可做馅，亦可烧汤，而我最爱吃的是母亲腌制的韭花酱。腌制韭花酱，对韭花的要求很高，一定要是鲜嫩着的。我母亲一般会在花蕾初苞或乍放之时，摘下。她先将摘来的韭花剪去过长的花柄，再把花朵洗净，放在阴凉通风处，晾干水分。等韭花全部晾干后，用刀剁碎，装进大碗里备用。然后，加上姜末、花椒粉、辣椒粉、料酒和鸡精，搅拌均匀后，装进陶罐里，密封即可。等腌制七到十天，就可以开坛食用。

上中学时，我需要住校，而学校食堂里的饭菜，总是清淡而寡味，让人提不起食欲。那时，母亲就常常往我包里塞上一罐头瓶韭花酱。吃饭时，用勺子舀出一勺，拌在打来的饭菜里，寡淡的饭菜立马就变成了美味佳肴了，鲜辣爽口，大大提高了人的食欲。我们几个要好的同学围着韭花酱，你一筷子，我一勺子，大快朵颐。很快，一罐头瓶的韭花酱，就见了底。就这样，我就靠着一罐罐的韭花酱，度过了中学的食堂生活。

早晨刚看了韭花，下午就收到母亲寄来的快递。里三层外三层包裹着的箱子里，是满满一坛子的韭花酱。揭开坛口，翠绿里缀着点点白，既惹眼又惹吃。我忙不迭地夹起一筷子，送进嘴里，满嘴清香，缠绵在舌尖，也缠绵在心间。幸福，就骤然而至了。

作家汪曾祺先生曾在《韭菜花》一文中写：“我的家乡是不懂得把韭菜花腌了来吃的，只是在韭花还是骨朵儿，尚未开放时，连同掐得动的嫩薹，切为寸段，加瘦猪肉，炒了吃……做虾饼，以爆炒的韭菜骨朵儿衬底，美不可言。”

同样是韭花，每个人都有各自喜爱的方式。但无论如何，我们爱的却是同一种味道，那就是——最能抚慰乡愁的韭花香。

桂花深处是故乡

新搬到的小区里植有几棵桂花树，每次带儿子下楼散步，都会不经意间与它打个照面。

春天，桃花灼灼的时候，它正睡眼蒙眬，一树青绿；夏天，蔷薇热闹旖旎的时候，它还是顶着青绿，平平无奇。儿子常常打趣它是一棵不会开花的树。我急急辩驳："它怎么会不开花呢，你爱吃的桂花糕、爷爷爱喝的桂花茶都它们的花朵呀。"儿子挠挠头，若有所思，答："可我没有见过桂花盛开的样子呢。语气里满是遗憾。"

相较于儿子，我并没有这样的遗憾。幼年时，父母在城市打拼，我便跟着外婆生活在山间的一个小村子里。村子外的山坡上有一大片桂树林，大小不等的桂花树连成一排，将小小的村子护在胸前。那里的桂树有碗口粗的，也有需要我跟小伙伴合臂才能将它完全抱住的，每一个伞形的树冠都直冲云霄。我的童年时光，大都是在这片桂树林里度过的。

春天，万物复苏，我跟小伙伴一起在桂树林里挖野菜，鲜嫩的荠菜、翠绿的苦菜、清醇的蒲公英，一棵接着一棵被装进了小竹篮。累了，我们就躺在桂树下休息，看日光云影在枝叶间捉迷藏。

夏天，暑气熏蒸，任凭大人把手里的芭蕉扇摇得呼呼作响，孩子们还是满头大汗。于是，我们就相约着去桂树林乘凉。此时的桂花树愈加枝繁叶茂，洒下一地浓荫，我们在里面听蝉鸣虫吟，看蜂飞蝶舞，很是惬意。

冬天，冰封大地，桂树墨绿的叶片上缀满了晶莹的白雪，风吹过，雪花簌簌落下，桂树林温柔成了书本里的童话世界。我们在里面堆雪人、打雪仗、捕鸟雀，玩得不亦乐乎。

而金秋时节的桂树林，算得上四季里的高光时刻。燃得沸沸扬扬的桂花，一团团，一簇簇，喜盈盈地缀满枝叶间，像遗落在人间的星子，泛着淡淡的微光。此时，周遭的空气里布满了桂花的香甜气息，如糖，如蜜，波涛汹涌着，无孔不入，人像泡在桂花蜜里，从里到外透着甜蜜。

孩子们在树下做游戏，欢声笑语里都洇染了花香。大人们不做游戏，他们忙着采摘桂花，长长的竹竿在桂树的枝叶间摇晃着，细细碎碎的桂花就落了一地。这个时候，我们也不再嬉闹，而是仔细地捡拾地上的桂花，因为我们知道，很快就有桂花的美食吃了，桂花汤圆、桂花糕饼、桂花粥，这都是清贫日子里最美好的向往。

这几日下了几场雨，秋天似乎一下子走到了深处，下楼散步时总要披件外套才好。我跟儿子照例沿着鹅卵石铺就的小道缓缓前行，忽然，一股浓郁的香气顺风而来，在我们身边缠绕不休。儿子惊呼：“好香啊！”我深吸了一口气，再深深呼一口气，嘴角忍不住上扬起来：“桂花开了。”儿子听闻很是兴奋，拉着我一口气跑到桂花树下。此时米粒般的花朵在月光的笼罩下越发轻灵俊秀，香气在夜色里越发清幽。我们望着这一树的金黄，各自欢喜。于儿子是乍见之欢，于我是重逢之喜。

我跟儿子讲故乡的桂树林，儿子听得津津有味，直央求我抽时间带他去老家的桂树林转一转，感受一下我曾经的美好时光。我笑着应允，心里默默细数着故乡的桂花在我梦里盛开了几个深秋。

开在秋天的花

一场秋雨，几场秋风，天气骤然变凉了。清晨推开窗子，空气中都是露珠的情凉。是呢，已是深秋了。秋天是花草的分水岭，有些花在这个季节走到了暮年，有的些花却在这个季节开始朝气蓬勃起来。

前两天回乡下看望父母，远远便看到院墙上爬了几株扁豆秧。浓郁的绿铺在墙面上，花开的正盛。一簇簇，一丛丛，深深浅浅的紫与绿叶相映，颇为明媚。有嫩绿的豆荚探出头，弯弯的模样像小姑娘的眉，很是惹人怜爱。所以，也有人叫它“眉豆”，很诗意的名字。

扁豆在乡下很是常见，大抵是因为好养活的缘故吧。墙角、树下、篱笆外，随手挖个浅坑，种下几颗扁豆即可。不用浇水施肥，只需几场雨水便可以破土而出。继而，伸出稚嫩的叶子和纤细的藤蔓，缠缠绕绕地生长。它们是什么时候爬满了围墙？谁知道呢。某个不经意间抬眸，发现满墙的藤叶绿得澎湃。让人忍不住叹一声：“真快呀，扁豆叶都铺满墙了呢。”扁豆在夏天蓄积力量，不疾不徐。秋天来了，秋风秋雨秋露接踵而至。许多藤蔓的植物日渐稀落，丝瓜花谢了，南瓜秧枯了，唯有扁豆花在这个季节里笑得光华灿烂，欢天喜地。左邻右舍的院墙上也都牵绕着无数的扁豆藤蔓，它们迎着秋风绽放明媚，白的、紫的、粉的，把冰冷的砖墙装扮得热闹活泼。风吹来，绿叶婆娑，花儿蝶舞，脑海中不禁想起了郑板桥的那副对联“一庭春雨瓢儿菜，满架秋风扁豆花”。过不了几天，扁豆就上了家家户户的饭桌，清炒扁豆，清脆可口，酱烧扁豆，浓郁不腻。

母亲的院子里有棵桂树，碗口粗壮，枝枝条条安睡了般沉默。平常是没有人注意它们的，只有到了秋季，才会引人注目。枝叶变得蓊郁了，身上缀满了淡黄色的小花，密密匝匝地挤在一起，不留一点缝隙。抬头仰望，满眼星河。一阵秋风吹过，桂树的枝条随风摇曳，荡起阵阵花雨。千朵万朵的花儿洋洋洒洒落在人的发梢、肩头，花香便汹涌起来。从鼻尖到心脾，连呼吸都是香甜的。幽幽的清香像青春年少时的梦，不由得让人停下脚步，深吸一口气，笑着问道：“是桂花开了么？”和善的母亲站在树下，笑得灿若春风：“是呀，摘些桂花带回去吧，给孩子们做桂花汤圆吃。”

隔壁的阿婆来讨了几枝要做桂花糕，谁知拿回家竟不舍得了。她将缀着花苞的桂枝插进水瓶里，屋子上下都是桂花的香气。放学回家的孙女伸了鼻子去闻，欢喜地叫着：“好香啊，是桂花的味道！”目光顺着香气落在桂花上，捻下两朵捧在手里，香气便在掌心弥漫。小姑娘与桂花对视，巧笑嫣然，真真是“人与花心各自香”。

傍晚的时候，母亲挎着篮子说去村外走走。此时，地里的农作物都已收割完毕。山野敛去了辽阔的绿色，连路两旁的树叶也随风簌簌而落，入目皆是秋的寂寥，不免让人怅然。忽然发现田埂旁有一处色彩缤纷，我有些不敢相信自己的眼睛。走近了细看，是野菊花。它们恣意地开着，熙熙攘攘，艳紫如霞，粉白如云，明黄如绸，一朵朵绚丽在余晖里。“秋满篱根始见花，却从冷淡遇繁华”，这些不起眼的野菊花是此时最饱满的繁华，清秀的花朵悄悄温暖了深秋的时光。

母亲站在菊花前，眉眼里盛着笑意。她弯下身子，细细地摘下一朵放入身边的篮子里。篮子里的菊花一朵挨着一朵，亲密无间。母亲的身影没在霞光里，像一幅画，安静而美好。在乡下，野菊花的用处很多，可以泡茶，清热去火，可以做枕头，助眠安神。母亲说，晾晒好了给我做个枕头，保准可以做个好梦。我恍然记起，前段时间跟母亲打电话提起过那几日睡眠不好，我随口一说的事，她竟然记在了心里。我笑，何止做个好梦呢。枕芯里是野菊花的芬芳和母亲沉甸甸的爱意，再漫长的黑夜也变得柔和温暖了许多。

“自古逢秋多寂寥，我言秋日胜春朝”，你看，那一墙热闹的扁豆花，那一树蜜甜的桂花香，那一片绚烂的野菊花，它们都是秋天的温度，都是温暖人间的烟火。

蜡梅花开

公园里有一片蜡梅林。初冬时，蜡梅树还在沉睡，光秃秃的枝干裸露在灰蓝色的天空下。一阵风吹过，万千枝条摇曳，落了一地的剪影，像一帧动态的黑白照片，落寞而凄美。这时，是没人留意它的。

进入冬月后，北风吹了又吹，气温一跌再跌，肃杀的深冬到来了。天空是荒芜的，大地也是荒芜的。在这样冰冷的时节里，万物颓败，蜡梅树却醒了，干枯的枝头缀满了星星点点的花骨朵。小小的、黄黄的，睡眼蒙眬地打量着这个世界。仿佛只一夜的工夫，那些花骨朵便竞相绽放。远远望去，一树的流光溢彩，把一方的天空，衬托得生机勃勃。

与蜡梅初相识，是在幼年的时候。母亲不知从哪采来一捆蜡梅枝，有的初绽枝头，有的含苞待放，细细密密的花朵相偎在一起，朵朵溢彩。我雀跃着挑拣出几枝含苞待放的枝条插入瓶子里，放到窗台上。阳光照在上面，闪耀着娇嫩的金粉色，灰暗的屋子立马明亮起来。母亲说蜡梅花不仅可以观赏，更是有大用处。我问："什么大用处呢？"母亲答："蜡梅花驱寒去火能入药。"她把蜡梅花一朵朵剪下来，用纸包上，再放到煤炉上烘烤，娇嫩的鹅黄已渐渐变为深黄，继而是枯黄。但花香还在，丝丝缕缕缠绕在鼻尖。待蜡梅烘干后，母亲便把它们装进茶叶罐里保存。

有一次我感冒咳嗽，母亲便取出几朵蜡梅花调了蜂蜜加水煎汤。不一会儿，锅里便升起袅袅热气。蜡梅和蜂蜜的香甜钻进我的鼻子，我迫不及待地喝下满满一大碗。淡淡的清香在我的胸腔蔓延，似乎嗓子不那么疼了，咳嗽也减轻了不少。我跟母亲说："蜡梅在我身体里开了花，我的病就好了。"母亲笑："蜡梅不同于别的花，春生秋死，它开在冬天里，傲雪斗霜，看似娇弱的花瓣里其实藏着铁骨铮心，所以，就算花朵干枯了，花魂还是在的。"我似懂非懂地点点头，对蜡梅多了几分偏爱。

友人打电话邀约去赏梅，语调里满是欢喜。"好啊。"我戴了帽子围脖，直往公园奔去，一刻也不肯耽搁。到了公园，远远地便闻到似有若无的花香。那香气丝丝缕缕的，在鼻尖东一下西一下飘忽。不经意间吸进鼻子里，连呼吸都是它的幽香，心跟着欢快起来。蜡梅林中，游人如织。大家欢笑着，惊叹着。这个说："看，这细细的枝条上结了这么多的花。"那个说："哇！这棵蜡梅开得更是沸沸扬扬。"蜡梅啊，堪称花中豪杰。越是寒冷，越是怒放，一点儿都不服软，颇有顶天立地的风范。

蜡梅林里一团温馨，一对小情侣举着手机拍照，拍一树一树的蜡梅花，拍树下满脸生辉的容颜；年轻的妈妈指着枝头的花朵，教孩子念诗，孩子的声音稚嫩婉转："墙角数枝梅，凌寒独自开……"；一位老先生推着轮椅上的老太太，缓缓走来。他停下轮椅，替老太太系好被风吹起的围脖，细声细语："明年这个时候，咱们还一起来赏梅，你要记得提醒我哦！"老太太欢喜地应着："好。"

我默默感叹着，在这样萧条的季节，能有这般明媚和浪漫的好时光，真好啊。此时，每个人的身上都染了花香，每个人的心里都多了几许感动和坚韧，我贪恋着这种岁月静好的生活。

桑葚时光

“黄鹂留鸣桑椹美，紫樱桃熟麦风凉。”晚春初夏，正是桑葚成熟的时节。城里大大小小的水果店里，都有了它们的身影。一盒一盒，摆在最显眼的位置，用柔和的灯光照着，乌紫油亮，散发着诱人的光泽，很是赏心悦目。想吃的欲望就膨胀开来了，遂买了一盒欢欢喜喜回家。

回到家里，带着虔诚的心，洗净了桑葚，又精心地摆放到果盘里，才端出来给家人品尝。儿子第一次见桑葚，欢呼着抓起一把，忙不迭地塞进嘴里，只吃了两颗，就说没有想象中好吃，便把余下的放下了。怎么会不好吃呢？我疑惑着，拿起一颗放进嘴里，酸甜可口的汁液在舌尖蔓延开来，刹那间，便开启了我尘封已久的记忆。

幼年时，我跟着外婆生活在乡下。乡下的山野里，生长着许多野生的树，槐树、榆树、杏树、白栎树等。而在暮春时节，最受孩子们欢迎的树，当数桑葚树了。它们长得又高又壮，繁茂的枝叶间挂满了饱满油亮的桑葚果，一嘟噜深红，一嘟噜紫黑，累累地压弯了枝桠。

这个时候，三里五村的孩子们，都爱往桑树林里钻，一波接着一波，一群跟着一群，闹嚷嚷一片。乡下的孩子对于爬树，都有无师自通的本领。你就看吧，每棵桑树上都挂着几个孩子，有的端坐在树杈，捧着一把桑葚，优哉游哉地吃着；有的攀在树梢，小猴子般调皮，左摇右摆，将熟透的桑葚摇落一地；还有的倚着树干，摘下桑葚当子弹，你扔我，我扔你，不甘示弱。孩子们的嬉闹声，惊起了几只小雀，它们扑棱着翅膀，从这棵树移到那棵树，叽叽喳喳的叫声里，俱是桑葚甜。

这个时候，山野里甜蜜着，活泼着，不经意间就成了紫色的童话世界。地上铺着层层叠叠的紫，鸟的翅膀上驮着星星点点的紫。树林里的娃娃们呢，他们嘴唇是紫的，舌头是紫的，脸蛋是紫的，小手是紫的，连衣服上都被晕染了一团一团的紫，活脱脱成了紫色的小娃娃。大家你看看我，我看看你，忍俊不禁，咧着嘴哈哈大笑起来，露出带着紫色痕迹的小牙齿，无忧无虑着。

想到这里，我终于明白了。儿子对桑葚不感兴趣，并不是因为桑葚的味道不好吃，也不是因为他对吃食挑剔，而是他跟桑葚之间，少了一份童年时光的亲切感。其实，食物的味道，最终要落实到一段特定的时光里，才会有无可替代的美好。譬如我对桑葚的眷恋。

秋来即闻花椒香

跟母亲视频聊天，她正在花椒园里劳作。身后的花椒树上，缀满了红艳艳的花椒粒儿。在秋阳的照射下，分外喜庆耀眼。近处的，浑如玛瑙张口笑；远处的，好似丹霞映山红，让看见的心，莫名地欢喜。

母亲说："今年的花椒收成好，能卖不少钱呢。"她说这话的时候，脸上的笑纹像盛开的花，瓣瓣灿烂。我在母亲的笑意里，似乎闻到了四溢的花椒香，人一下子就被感染了，当即决定带孩子回趟老家。既为帮母亲干活，又为闻椒香。

我家的花椒园在村外的山坡上。还未走近，便在风里闻到了花椒的气息。儿子一溜小跑过去，伸手摘下一串花椒，塞进嘴里。我刚要说，不能吃，他已经嚼了起来。"呸呸呸"，他边吐边皱眉，连连说着："真难吃，真难吃！"看着他滑稽的模样，我笑得直不起腰来。刹那间，便想起童年的往事来。

那时，我也不过是六七岁的模样，家里还没有这片花椒园。当时，我跟母亲去山野里摘野果。不经意间，就看到了一棵枝杈旁生的花椒树上，结着一嘟噜一嘟噜的红果。我以为它也像树莓一样，酸酸甜甜的，就随手摘了一粒放进嘴里，轻嚼两下，香麻之味就在舌尖蔓延开来，直向喉咙窜去。我赶紧吐了出来，至此跟花椒划清了界线。

对花椒初生好感，源于一次生病。有一年大雪夜，我的胃不知怎么受凉了，疼得我满床翻滚。母亲忙起身找药，可不论怎么翻箱倒柜，都没找到对症的药。村里没有诊所，镇上倒是有一家，但大半夜的，诊所也下班了。正急得不行，祖母想起了一个土方子。她取了生姜和干花椒用水煎煮，等水开后再煮上三五分钟，就把花椒粒和姜片捞出，倒入大米与红糖，煮成软糯的花椒粥。

祖母盛了一碗，递给我说："妮妮，快趁热吃了，吃了就不疼了。"我当时疼得厉害，也顾不得跟花椒的过节，端着碗，一口气喝了个底朝天。花椒的香气跟红糖的甜蜜在肠胃里蠕动，热热的、香香的。一会儿工夫，整个人从里到外都暖了起来，胃疼的症状逐渐消失。我躺在被窝里，安稳地睡去，梦里都是花椒的香味。

上学后，听老师讲起花椒，才得知在屈原的《离骚》里，花椒是忠贞良善的化身："昔三后之纯粹兮，固众芳之所在。杂申椒与菌桂兮，岂维纫夫蕙茝。"当初禹、汤和文王的品行多么完美，所有的芳香都簇拥在他们周围。特别是花椒与桂树杂陈其间，怎能只有兰蕙与芷草结伴相随？至此，我对花椒的敬佩之意，油然而生。

后来，读到《国风·陈风·东门之枌》："视尔如荍，贻我握椒。"又对花椒有了新的认识。原来，它是先秦时男女青年的定情物。我看你像荞麦花一样美丽，你送我一把花椒，来表示喜悦之情。

成年后，在他乡安了家，与相爱之人守在一方屋檐下生活。我所嫁之人，也甚是喜爱花椒。故而，每次做饭，我都会捏上几粒花椒炝锅。若是哪顿饭菜里没有它，就觉得饭菜少了些许滋味。不大的厨房里，他拿着锅铲翻炒着锅里的菜，我扎着围裙在案板上"叮叮当当"。空气里，弥漫着花椒的香气。我们相视而笑，一派融融之意。凡俗的家常，充满了踏实与幸福，地老天荒。

我一边摘花椒，一边感慨：这世上的食物，本就是千滋百味，谁也不能说哪一种就是最好的。正如我们的人生，各有各的不同，也各有各的美好，就算是一粒花椒，也能香在微凉的秋风中，香在古人的笔墨下，香在家常的一鼎一镬的温润里。总会有那么一天，它也会香在我儿子的岁月里。

四季之美

听春

阳春三月，算得上春天最好的时节了。花开起来了，草绿起来了，小虫子们也都醒来了……满眼都是春的繁华盛景。所有的生命都在恣意地编织着春的神韵与风采，激情鼎沸。看着看着，眼睛吃不消了，索性就用耳朵听吧。

雪小婵曾说过："用眼睛看，太直接。太直接的东西，就少了委婉的意境。如果是听，用耳朵，是用了心。用心的东西，就婀婀娜娜，就枝枝蔓蔓了。"

听吧，听听三月的春天。

吹面不寒杨柳风。听春，要从听风开始的。这个时候的风，是诗经里走出来的女子，它迈着细碎的步子婆娑而来，体态轻盈，环佩叮当。这些声音，是河流的欢唱，鱼儿游，竹筏荡，如昆曲般清丽，摇曳起一腔的柔婉；是山峦的高歌，松柏动，虫鸟鸣，如高腔般明快，一人唱而众人和，金鼓击节，自由奔放；是村庄的喃喃细语，纸鸢飘，风铃摇，如童谣般俏皮，蹦蹦跳跳，漾起嘴角的笑意。

小楼一夜听春雨。听春，怎能少得了听雨。下雨的夜晚，一个人在屋子里，斜靠着枕头，听着软绵的春雨轻哼着它独有的旋律，从天而降。

雨，落在木叶上，“吧嗒吧嗒”，相互应和，似钢琴的音符遇到了轻盈的指尖，欢快美妙，这是绿意在蓬勃生长；雨，落在花草间，“沙沙，沙沙，”似美人抚动古筝，温婉含蓄，这是花朵绽放的缱绻；雨，落在江河里，滴滴答答，似才子吹起的长笛，清脆悠扬，这是水花荡起的涟漪。

江上被花恼不彻。春天的花烂漫到眼睛都装不下了。那就闭上眼，倾听一场花开吧。桃花朱唇轻启，先是星星点点，不过三两日工夫，就扑腾出浩浩荡荡的粉嫩来，错落在杨柳岸，将桃红柳绿演绎得惊心动魄。杏花在江南烟雨中摇曳生姿，它调皮地踮起脚尖，从院墙上探出小脸，笑语盈盈。红杏枝头闹，十里八里之外，都能听到它绽放的声音。李花铺琼蕊，这一朵开了，那一朵也开了，挤挤挨挨，“皎皎复皎皎”。每一枚花瓣绽放时，都从花蕊附近隐隐约约地传出空灵清澈的声音，如雪花飘落，不染尘埃。

春天里出来走走吧，寻一处山林静坐，听听春天的声音。此时，阳光暖暖地照着，微风柔柔地吹着，人似喝了美酒，微醺醺，醉眼迷离，无比惬意。

春天有张明媚的脸

喜欢春天的一切。

春天的云是轻的，雨是柔的，风是暖的……所有的一切都散发着美好的气息。如同从诗经里走出来的女子，亭亭玉立，眉眼楚楚，一颦一笑皆诗意，浓妆淡抹两相宜。无论是远看还是近观，都尽显芳华，无可匹敌。

春天有张明媚的脸，山峦是它翠色的眉。“春风动春心，流目属山林。”春天的脚步，最先抵达的是山林。它让东风拈毫，细细描绘着春天的底色，嫩绿、浅绿、碧绿、青绿……浩浩荡荡地勾勒出山林的鲜嫩油亮。槐树的叶子密密地绿着，青翠欲滴；野葛藤牵着细长的藤蔓攀爬在山坡上，翠叶团团，倩影翩翩；每一株野草都鼓涨着翠绿的豪情，敲锣打鼓般地疯长。远远望去，绵绵绿意与朗朗山峦浑然一体，是“春山眉翠样”，亦是“远山眉黛长”。

春天有张明媚的脸，河水是它清盈的眸。沿着河岸散步，一抬眼，便看到悠悠碧水泛着层层涟漪，一圈一圈荡漾开来，映着蓝天白云，映着花草树木。此时，两岸的桃花开得正好，一团嫩红，一团水粉，层层叠叠地倒映在水面上，像少女脸上娇俏的胭脂，旖旎明艳。冷不丁，有几尾小鱼浮出水面，在花影间穿梭，有时吐个欢快的泡泡，有时来个轻巧的摆尾，神气得很。这样的场景，总能让人想起苏轼的诗句：“鸭头春水浓如染，水面桃花弄春脸。”

春天有张明媚的脸，花朵是它娇艳的唇。进入春天，所有的枝条就开始准备花朵了。只等春雨挥毫泼墨，一夜之间把枝头染成灵动的色彩。梅花撑出一粒一粒的花苞，星星点点的红缀满枝枝丫丫，将开未开，幽幽吐香，含蓄矜持。樱花按耐不住了，用花团锦簇的方式压弯了枝头，红红粉粉，好似云霞跌落人间，绚烂了半个天空。还有杏花和桃花，也是赶着趟地盛放。是红杏枝头闹，是春水漫桃花。那些薄薄的花瓣噙着露珠，一瓣一瓣，像少女的唇，隐隐挂着笑意，娇艳得不能再娇艳了，粉嫩得不能再粉嫩了。

春天里，就适合出来走走。阳光暖暖地照着，春风柔柔地吹着，满世界都是温柔浪漫的色调，不经意间，就能邂逅一张明媚的脸。爱极了这样的春天。掬一捧春水，月在手。折一根花枝，香满衣。在春天里行走，人的眼里会不自觉地蓄满清澈，心也跟着长出了湖泊；在春天里行走，不经意间就有花瓣落肩头，灵魂便跟着氤氲出缕缕花香。

春到人间草木知

“律回岁晚冰霜少，春到人间草木知。”大寒一过，立春便如期而来。立春，为二十四节气之首，象征着新一年的开始。明代《群芳谱》解释为：“立，始建也。春气始而建立也。”至此，东风送暖，阳气初生，冰霜开始融化，万物渐次复苏。而草木作为万千生灵的代表，最先感知到春回大地的消息。

“伴惹春风别有情，世间谁敢斗轻盈。”立春时节，河畔的柳被春风唤醒，腰身变得轻盈柔软。枝枝条条上都爬满了淡黄的嫩芽，成群结队地依偎在阳光里，像一群闹嚷嚷的娃娃，在枝头欢呼雀跃着，眼眸间泛着鲜活的光亮。几番清雨后，嫩芽逐渐饱满起来，淡黄的色泽也逐渐泛绿，像一枚一枚的露珠，青翠欲滴，盈盈复盈盈，惹人怜爱。微风袭来，万条绿丝绦在水面上翩翩起舞，千姿百态，别具风情。远远望去，腾起一团团青绿色的雾岚，旖旎着早春的风光。

“客中春到不知春，庭草青青入眼新。”立春后，几缕阳光，一场春雨滋润了大地。蛰伏了一冬的小草们似乎听到了春天的呢喃召唤，争先恐后地从泥土里钻了出来，恣意地舒展着身姿。它们迎着春风昂首挺胸，饶有兴趣地打量着这个广阔的世界。这个时节，不必特意去寻找春天的身影。只要你走出家门，随意一瞥，就能看到星星点点的绿从枯黄中铺陈开来。从田埂到沟渠，从山坡到谷底，满眼都是装不下的春。

“二月迎春除旧色，万千翠蔓破苍黄。”立春有花信，迎春打头阵。二月里，春寒料峭，大地刚刚苏醒。桃李的花事还未开启，迎春花却立在枝头敲锣打鼓着迎春报春了。山野里，小路旁，庭院里，到处都有它的身影。不论脚下的泥土是肥沃还是贫瘠，不论迎面的春风是寒凉还是和暖，它们都不管不顾，热热闹闹地盛开出烂漫的花朵。一串串，一簇簇，翠绿托着明黄，万千枝条连成一片，那铺天盖地的气势，远远胜过梅花与春柳的生机了。

立春之后，我们就会迎来一帧一帧的盛景图，是一抹春绿任娉婷，亦是举头已觉千山绿；是时有幽花一树明，亦是万紫千红满庭芳。四季的轮转里，时节的更迭中，草木贡献了力量。

撷一撮儿春日的芳菲

林清玄先生曾在《煮雪》一文中讲过一个极为浪漫的传说：北极的人因为天寒地冻，一开口说话就结成冰雪，对方听不见，只好回家慢慢地烤来听。如果这个传说真有其事，那么，我们是不是也可以在繁花似锦的春日里，撷一撮儿芳菲封存在心底，留在艰难的日子里，细细品尝。

春天是花的季节，漫天漫地的花事一场接着一场，让人眼花缭乱。

春天的第一抹花事当数二月兰。它在徐徐的春风里醒来，带着蛰伏了一冬的倔强，一跃而起。小巧的花朵铺满山坡，摇曳成一片紫色的雾岚。二月兰学名诸葛菜，茎叶可炒食，种子可榨油，本是春天里最常见的野菜之一。然它，不甘沉沦，拼尽全力挤进了园圃，成为花卉中的一员，种植在城市街道、住宅小区等。二月兰是春天的承诺，它若盛开，春天便一定会来。

三月天，故乡的油菜花开了。金黄的花蕊捧出一颗颗赤诚的心，把田野燃烧成一望无际的海洋，甚是壮观。孩子们在油菜花田里疯跑着撒欢，任凭花蕊的金粉四处沾染，发丝、脸颊、衣衫，处处都留下了油菜花的印迹。因此也会被长辈们责备，但谁都舍不得擦掉。家里的大人们并不认为菜花是花，只把它们当成农作物的一种，种植，收获，榨油。他们从花间走过，很是淡然，只语调轻轻地说一句：“哦，今年的菜花不错，能有个好收成。”当时，年幼的我也曾为菜花委屈不已，直到成年后，我才读懂油菜花的心声：生命一场，努力绽放，不辜负自己便好，何惧他人的眼光。

四月里，蒲公英花开了。田野里、小河旁、花坛中，随便一抬眼，就能看到它的身影。黄的、紫的、白的、粉的，趴在草丛展露着欢颜。蒲公英的身躯不够高大，颜色也不够绚丽，连气味都是苦兮兮的，算得上平平无奇。然而，它并不气馁，照样开开心心地生长着，发芽、开花、结果，踏踏实实地完成自己的使命。我喜欢蒲公英顽强的生命力，只要有泥土的地方，它都可以安身立命。这世间，多的是如蒲公英一样的人，平凡普通，却积极阳光，用心去生活，努力绽放出生命的姿态。

人的一生，会遇到迷茫困顿，会遭受冷落不公，会有许多的不完美。可若有几缕春色留在心间，是不是就可以缤纷每一寸时光，让我们有力气，继续热爱生活，勇往直前。

梨花风起正清明

“又是一年春草绿”，“梨花风起正清明”。清明节，在仲春与暮春之交。《月令七十二候集解》中说到：“三月节，物至此时，皆以洁齐而清明矣。”万物生长此时，皆清洁而明净，故谓之清明。

清明节，又叫踏青节，兼具自然与人文两大内涵。它既是自然节气点，也是传统节日。数千年来，在文人墨客笔下，别有一番意味。

一年一清明，一年一追思。清明节，是祭奠祖先，缅怀亲人的节日。晚唐诗人杜牧有诗曰：“清明时节雨纷纷，路上行人欲断魂。”清明时节的雨是渲染着忧郁的，如烟似缕，淅淅沥沥地落下，不仅打湿了行人的衣衫，也润湿了心底的思念。年少时我们总以为，青山长青，绿水长流，那些疼爱我们的亲人，会永远陪伴在我们身边。后来才知道，那些亲人会老去，会长眠于地下，天人永隔，唯留思念在心头。

自古以来，清明就有踏青的习俗。北宋诗人欧阳修笔下的清明，更有一番清欢。“清明上巳西湖好，满目繁华。争道谁家。绿柳朱轮走钿车。”清明节的前后，西湖风光甚佳，柳漾花潮，莺歌燕舞，满眼都是一派繁华灿烂的景象。人们呼朋唤友，一起去郊外游玩，或观花划船，或饮酒高歌。等到日暮时分，游人们醒的醒，醉的醉，彼此间打着招呼，喧哗闹不已。这三春之景，是绚烂至极，也是渐进阑珊。若不出游踏青，岂不辜负了这良辰美景。

清明不仅适合游春踏青，更是读书学习的好时节。北宋诗人王禹偁曰：“无花无酒过清明，兴味萧然似野僧。昨日邻家乞新火，晓窗分与读书灯。”清明时节，大家都相约去游春踏青，喝酒赏花，而喜爱读书的诗人王禹偁，却像荒山野庙里的僧人，过着无花无酒的清苦生活。但他并不在意，天刚破晓时，他就从邻居家讨来灯火，坐在窗前用功读书。有书作伴，满眼处处春。吃喝游玩纵然是享受，可读书的快乐更在其上啊。

清明时节，烟雨锁重楼，青山遍地新。我们既要缅怀先人，也要珍惜身边的亲人，莫要留下“树欲静而风不止，子欲养而亲不待”的遗憾；我们既要逢春游乐，也要读书学习，莫要辜负年华，徒留“白了少年头，空悲切”的悔恨。

夏恋一缕凉

漫步在夏日的街头，随意一抬眼，就能看到来来往往的行人们，人手捧着一抹清凉。有冒着冷气的冰激凌，也有酸梅汤。在夏日的热浪下，没有人能够抵御清凉的诱惑。

忽而就想起了那些独属于自己的夏日清凉。

幼年的时候，乡下还没电扇。吃过晚饭后，家家户户都去村外的空地上纳凉，人手一把蒲扇，一边扇风，一边聊天。我们小孩子是闲不住的，不是跳进草丛里捉萤火虫，就是钻进稻田里追小青蛙，又或者在废弃的砖瓦堆里逮蛐蛐。玩累了，就跑回自家大人身边歇息。

每当这时，祖母都会忍不住嗔怪两句："皮猴子，瞧你这满身的汗，快躺好，我给你扇扇风，凉快一下。"等我躺好后，祖母就会手执蒲扇坐在我旁边，一边给我扇风，一边哼唱着古老的歌谣。祖母摇着摇着，生了困意，抑扬顿挫的声音，渐渐变成了呢喃。但她手里的蒲扇，却还是很有节奏地摇着。很快，我也枕着清凉的蒲扇风渐渐进入了梦乡。

有一年夏天，我在镇上的一家糕点作坊打工。那里面没有像样的通风设备，整日烟雾缭绕，热得人透不过气来。母亲怕我中暑，便日日煮冰糖绿豆汤给我送来。母亲煮绿豆汤的过程，既烦琐又细致。她先把绿豆倒进清水里，浸泡一个小时左右。随后沥出，倒入锅里，细火慢煮。待绿豆煮到八九分熟的时候，再放几粒冰糖，继续熬煮。

绿豆汤煮好后，母亲把它们盛到瓦罐里，用绳子拴住，悬挂在井水里冰着。那时，从我家到镇上还没有通公交车，而我母亲又不会骑自行车。大热的天儿，她只能捧着瓦罐，走好几里山路，给我送来。每次，我接过瓦罐时，里面的绿豆汤都还是冰冰凉凉的。喝一口，浑身的燥热都会烟消云散。

我跟爱人是在北漂时结的婚。那时，双方父母的日子都很清贫，他们不能在经济上帮衬我们。为了省钱，我们租住在破旧的民房里。那里有蟑螂，有老鼠，却没有空调和暖气。冬天还好，虽然阴冷，但多盖些衣物，总能取暖。可到了夏天，却是最难熬的。狭小的空间，闷热潮湿，即使把窗户打开，依旧是密不透风，捂出一身的痱子。

我怀孕那年的夏天，天儿出奇地热。为了纳凉，我每天晚上都会去小公园溜达到半夜，等到困得睁不开眼了，才拖着满是蚊虫叮咬的身子回家。爱人见状，心疼不已，暗自下决心要买台空调。打那以后，他就忙了起来，白天上班，晚上就在大排档给人家做帮工。干了一个多月，终于攒钱买了一台二手的空调，安在了出租房里。空调风吹来的那一刻，我满心都是清凉的幸福。

纵然酷暑炎热又如何，我凭借着这一缕一缕的清凉，安稳地度过每一个夏天。我的那些清凉不是风带来的，也不是雨带来的，而是爱我的人，用心送来的。

夏虫趣

刚进入夏天，儿子就盼望着回乡下了。他一直惦记着跟那里的小伙伴一起觅虫趣呢。

夏天的乡下，虫儿多。只要你不闭上眼，就能看到成群结队的蜜蜂、翩翩起舞的蝴蝶；只要你不捂住耳，就能听到唧唧的虫鸣。在乡下，如果你问一个孩子最大的乐趣是什么，他肯定会不假思索地回答，虫趣啊！

犹记得，幼年时我也是十分迷恋虫趣的。

若说虫趣，自是少不了捕蝉的，谁让这个家伙这么高调呢。夏日的午后，太阳炙烤着大地，万物萎靡不振。花草的叶子，垂头丧气地打着卷儿；小猫小狗们，在阴凉处半眯着眼睛打盹儿。这个时候，蝉却活跃起来了。它们趴在树枝上，争先恐后地亮开了嗓门，“知了知了”唱个不停。一个赛一个地高亢，一个赛一个地悠长，直招惹得孩子难以午睡。

索性，拿起自制的粘杆，钻进树林里去捕蝉。蝉可是精明得很，你举着杆子正顺着蝉鸣寻觅它的身影，声音戛然而止了。等一转身，它又扯着嗓子喊了起来，真是让人又气又恨。孩子们挥舞着竹竿，跟蝉斗智斗勇，左边晃一下，右边晃一下，趁蝉们一个不注意，就以迅雷不及掩耳之势扑过去，将它们牢牢粘住。树下瞬间传来一片欢呼声。

相对于蝉，蛐蛐却是低调了许多。它们藏在草叶间，与其他的小虫们一起登台合唱，你很难循着声音找到它的位置。只有等到夜深人静的时候，别的小虫们都睡去了，它的唱腔才显得格外清脆悠扬。也正因如此，我们才能更好地分辨到它的位置。

银色的月光下，草尖上的露珠盈盈复盈盈，天地间一片寂静。连捉蛐蛐的孩子们都敛声屏气，小心翼翼地在茂密的草丛里寻，在废弃的砖瓦堆里寻觅。发现目标后，他们蹲下身，扬起手中的抓网，悄悄扣下去。小小的蛐蛐就被困在这“天罗地网”里，成了瓮中之鳖，只能任由孩子捉住，关笼子里。捉到蛐蛐的孩子，欢呼雀跃着，那叫一个兴奋啊！

萤火虫，是这些小虫里最安静的，也是最浪漫的。它们不叫，只是披一身荧光在黑夜里翩翩起舞。草丛间，河塘边，田埂上，到处都是它们的身影，一闪一闪，如流淌的星河，飘拂在山峦之中，牵引着孩子的目光。

这个时候，孩子们不躺在凉席上数星星了，也不缠着祖母讲古老的故事了。他们三五个一群，带上玻璃瓶和手电筒，浩浩荡荡向山野间出发了。孩子们在草丛里横冲直撞，一会儿跑，一会儿跳，惊得萤火虫四下逃窜。有一些挥舞着翅膀飞远了，还有一些来不及逃跑的，只好藏匿在草叶间，花瓣下。它们把大半个身子埋进花里，只把肥硕的屁股露在外面，闪闪光。却不知，这正合了孩子们的意。他们把萤火虫一只只捏起，塞进瓶子里，欢欢喜喜地回家了。

没有小虫儿相伴的夏天是无趣的，没有体验过虫趣的童年亦是遗憾的。我跟儿子许诺，等他放了暑假，就立刻带他回乡下，觅虫趣。

如期而至的小美好

时间到了盛夏，眼底是“映日荷花别样红”的绚烂，耳畔是蝉吟蛙鸣漾入云间，迎面而来的风里还有西瓜的清甜……夏天的小美好一波接着一波，马不停蹄地向我们飞奔而来。

当代作家汪曾祺说：“夏天的早晨真舒服。空气很凉爽，草上还挂着露水。写大字一张，读古文一篇。”相较于其他季节的早晨，夏天的早晨更令人惬意。你看，晨曦穿透云层，洒落下来，笼罩在将醒未醒的大地上，诗意盎然。篱笆上的牵牛花悄悄绽放出娇俏的容颜，每一枚草叶上都汪着露珠的晶莹。空气里流淌着露珠的清凉，也缠绵着花草的芬芳。在这样舒服的早晨里，无论是读书还是写字，都能让人抛开杂乱的心绪，融入大自然的怀抱里。“偷得浮生半日闲”，一缕墨香染夏天，这是多么美好的事情呀。

四季里，没有哪个季节比夏天的瓜果更丰盈。酸甜可口的荔枝、甘甜多汁的桃子、娇艳欲滴的杨梅……数不胜数。然而，最快乐的事，莫过于吃冰西瓜了。清代文学评论家金圣叹在《不亦快哉三十三则》里写道：“夏日于朱红盘中，自拔快刀，切绿沉西瓜，不亦快哉！”老家的院子里有一口水井。每到盛夏时节，母亲都会从地里摘些瓜果，装进井绳吊着的木桶里，而后，悬在井水中冰着。等到午后燥热难耐时，就从井里捞出来食用。一口咬下去，清凉甘甜的滋味就在舌尖绽放开来，顿觉周身凉爽，别有一番情趣。

夏天的夜晚，星空斑斓，晚风轻柔。这时候出门走一走，是件很幸福的事。宋代诗人辛弃疾在《西江月·夜行黄沙道中》中写："明月别枝惊鹊，清风半夜鸣蝉。稻花香里说丰年，听取蛙声一片。"远处，起伏的山峦托起一弯明月，悠悠山野无一不浸染在月色之中；山风拂过稻田，串串稻穗翻滚，卷起了铺天盖地的稻浪。田间小道间，虫鸣不歇，如白浪逐沙滩般诗意盎然；池塘小溪旁，群蛙高歌，如万马奔腾般声势浩荡。村口的老槐树下，有摇着蒲扇讲故事的老祖母，也有托腮倾听的小娃娃。放眼望去，一切都是叫人愉快的。

我想与你相约在这个夏天，一起迎接独属于夏天的小美好。比如听飒爽的雨，吹怡人的风，赏斑斓的星空。又比如喝橘子味的汽水，吃甜甜的冰激凌，闻醉人的栀子花香……生活处处可喜，知足才能常乐。

人生忽如寄，莫辜负了这如期而至的小美好啊。

七月的姿态

当六月的最后一个夕阳缓缓落下，七月就拉开了盛夏的帷幕。

七月，是一个特殊的时节，它是一个年轮中最具生机的章节，也是半年之交的分界线。它如同恰好的青春，带着生机勃勃的希望，来到我们身边。六月时，万物还是一副温柔含蓄的模样，如今都迸发着各自的炽热，势如破竹。行走在七月的天空下，心也跟着澎湃起来了。

七月的阳光，无处不在，无处不照。无论是初升的朝阳还是黄昏的余晖，都是那么热烈灿烂。你看，一缕缕光芒，从高处倾泻而下，肆无忌惮地扑向大地，拥抱山川河流，拥抱阡陌小径，拥抱村庄老屋。它似乎渗透进每一处角落里，并在那印上最明亮的符号。这世间，没有比阳光更铁面无私的了。无论是参天的大树，还是娇弱的小草，在它眼里都是一样的。它赋予万物生长的力量，也鞭策着这些生命在酷暑里，恣意绽放，拔节生长。

七月的风，带着阳光的热烈和草木的芬芳，游走在大地之间，时而豪迈奔放，时而温婉浪漫，将夏天的气息传递给每一个生命。你看，田野上的稻穗，正在风的引领下，摇曳着丰满的身姿，如海浪涌动，一浪高过一浪；你听，山林里的树木，在风中沙沙作响，这是叶子的狂欢，低吟浅唱里都跳跃着悦动的节拍；你闻，盛夏的果实，在风里酿出了甘甜。七月的风，是大自然的和弦，也是生活里不可或缺的乐章。

七月的雨，自由率性，无拘无束。它落在田野，滋润大地；它滴在窗前，带来清凉；它洒在湖面，激起涟漪。七月的雨，时而疾驰如瀑，时而细腻如丝，就像是一场精心设计的音乐会，琴键跃动，低吟浅唱。你听，淅淅沥沥，是微雨，“柳外轻雷池上雨，雨声滴碎荷声”；噼里啪啦，是暴雨，“猛风飘电黑云生，霎霎高林簇雨声”；滴嗒滴嗒，是疏雨，“七八个星天外，两三点雨山前”。我们在不同的雨声中，都能听到相同的声音，那是勇往直前的气息和活力。

七月，不仅仅是一个月份，也是一种态度，一种精神，一种生活方式。它热烈，充满生机，拥有无尽的希望，值得我们去相见，去拥抱。

小暑清欢

“倏忽温风至，因循小暑来。”小暑是二十四节气中的第十一个节气，也是夏天里的第五个节气。

元吴澄在《月令七十二候集解》中写道：“小暑，六月节……月初为小，月中为大，今则热气犹小也。”暑，即炎热，小暑，就是小热。此时，虽还未达到一年之中的最热时节，但盛夏的帷幕已缓缓拉开，释放着炽热的信号。它让滚着瓜果而来的小暑，引领我们感受生活的乐章。

小暑时节，气温逐渐升高，炎炎暑气扑面而来。稍一运动，就会生出一身黏糊糊的臭汗。人在其中，不免心烦气躁。因此，何以消暑便成了首要的事。清代乔远炳有诗曰：“薰风愠解引新凉，小暑神清夏日长。”在小暑节气里，搬一把藤椅坐在屋檐下纳凉，可听蝉鸣声声，燕语呢喃；可闻花的芬芳，草的清新；也可以品尝西瓜的清凉，桃子的香甜……这样的时光惬意又美好，即使是温风掠过，也能荡起丝丝凉意。或许，这就是“心静自然凉，无燥而神清”最好的注解吧。

小暑前后，是“夏日三白”的盛花期。窗台的茉莉花开了，细小的花朵躲在翠绿的枝叶间，好似娇羞的女儿家，抿着小嘴，呵气吐香。那香气在屋子里缠绕，经久不散。当真如古人所说“一卉能熏一室香”。院子里的栀子花开了，洁白的花朵栖满了枝头，如一群调皮的白鸽在风里嬉戏，挥着翅膀，舞着身子，扑腾出满树的馥郁。人从树下经过，不经意间就沾染了一身的花香。晚上出门，偶遇一株盛开的白兰花，朵朵如皑雪，透着洁白的欢喜。我在不远处站定，看月光裹着花香四处飞溅。那香气，也就随着月色在村子的上空舒展开来，漫天漫地，令人心旷神怡。

小暑时节，雨水盛行。上一秒还是风轻云淡，顷刻间便是风卷云涌，雷鸣电闪。紧跟着，雨也就来了，“哗啦哗啦”，在天地间拉起了磅礴的雨幕。这样的天气，是不宜出门的。平日里，那些忙得不可开交的人，终于可以趁机偷个小懒，觅得半日清闲。可效仿古人，做一些趣事。譬如，慵懒地倚在窗前，“雨打芭蕉闲听雨”。又或者是煮一壶清茶，捧一卷诗书，细读慢品，让自己尽情地在文字的海洋中畅游，怡然自得。颇有“躲进小楼成一统，管他冬夏与春秋”的情致。

“人间的清欢不过有三，一曰神清气爽，二曰赏花闻香，三曰半日清闲。”如今，就让我们跟着小暑节气，放慢脚步，来欣赏盛夏的景致，来享受人间的清欢。这样，既不辜负时光，亦不辜负自己。

赴一场盛夏的邀约

墙角的凤仙花，携着香红嫩绿挑开了七月的门帘，盛夏如期而至。

盛夏，是气温最高的一个时节，也是万物最繁盛的一个时节。它是激昂的战鼓，开启了万物的狂欢。草木肆意疯长，虫鸣响彻云霄……盛夏一场，谁不想让生命活得热情奔放。

提起盛夏，最先让人想到的总是花草的绚烂。

且不说，被文人墨客咏了上千年的荷，正倚着一池碧水，生出无限趣味，“玉雪窍玲珑，纷披绿映红”；也不说被梵高寄予了生命热枕的向日葵，正捧着一颗炽热的心，将满腔的爱燃烧成金色悸动，“葵花向日枝枝似，萱草忘忧日日长”；更不说从诗经年代走来的木槿花，轻舞霓裳羽衣，亮丽成诗情画意的风景线，“翠袖红裳细锦袍，纷纷儿女斗妖娆”。

单是那些野草野花，就足以灿烂盛夏的时光。譬如攀在灌木丛上的牵牛花，沾晨露而盛开，一朵蓝紫一朵水粉，朵朵水润灵动，如孩童的眼眸，映着晨曦与朝霞，氤氲出夏日的惊艳。

四季里，没有哪个时节比盛夏更热闹。

这个时候的大地上，处处流淌着天然的音符，处处挤满了“流浪的歌手”。一些声音缠绕在一起，细腻轻柔，如眉眼盈盈的溪流途经百川，让人心生柔软。细听，是纺织娘在唱《西厢记》，是蛐蛐在唱《思乡曲》，一曲未停一曲又起，织成细细的网。蛙和蝉一展歌喉，争先恐后地甩出高音和长音，一波接一波，开启了高潮迭起的大合唱。还有风拂树叶声，还有竹露滴清响，丰盈着夏日的欢腾。

盛夏的天空，是一年之中最灿烂的时刻。

诗人海子在诗歌《夏天的太阳》里写："你来人间一趟，你要看看太阳。"初升的朝阳是神采飞扬的少年，蹦蹦跳跳着，唤醒了睡眼蒙眬的大地；午间的日头是意气风发的壮年，浑身充满了力量，烈火焚烧般蔓延开来，锤炼着万物生长。傍晚的夕阳是慈祥的老年，端坐在天边，散发着可亲的光芒，安抚着奔波了一天的行人。

是夜，月升。作家丁立梅在《晒月亮》里写："乡村的夏夜是丰富的，最丰富的莫过于月光了。"你看，一缕缕银色月光俏皮地滚动着，从天上到地上，从这端到那端，爬上人们的眉睫，落在人们的心底，搅动出一团一团的温馨来。

赴一场盛夏的邀约吧。在七月的时光里，与夏同舞，领略生活的美好，感受生命的蓬勃。

秋，凉为最

秋天，凉为最。

秋天的凉，是从一缕风开始的。这是不知不觉中的事。清晨推开窗，轻拂的微风里，少了几许燥热，多了几许清凉。如果说春风像母亲的手，指尖里都是温暖与柔情，那秋风便似老祖母的手，掌心里都是岁月的痕迹。它抚摸着你，一下，又一下，温和又带着柔韧。

大抵是因为，秋介于夏与冬之间，上承着夏的热闹，下启着冬的寂寥。故而，秋风里，既有花草的芬芳，也有大地的沉静。在秋风的吹拂下，不仅万物于此而揫敛，人们也渐渐收起了夏日的浮躁，让疲惫的心情回归平静。在凡俗的生活中，找到幸福与满足来。

秋天的凉，是从一滴露开始的。“桂魄初生秋露微，轻罗已薄未更衣。”秋天的夜晚，一轮月亮刚刚升起，秋露已经降临了。它们就像一群稚童，好奇地打量着这个未知的世界，清澈的眉眼间，透着懵懂与纯洁。一滴一滴的秋露在草叶上、花瓣间闪烁，跳跃，盈盈复盈盈。引得我，走出门去。

这个时候，真是秋露的舞台啊。月色里缠绕着露珠的晶莹，空气里流动着露珠的清凉，万物都在它的浸润之下。你看，它们悬挂在花草上，迎风而舞，花草便多了几分活力；你听，它们陪着小虫儿欢歌，滴答滴答，虫鸣声便添了几分灵动；你闻，它们拥着桂香涌动，丝丝缕缕，香气里就有了几分甜蜜。我恨不得融进秋露里，与它一起，演绎一场秋的盛宴。

秋天的凉，是从一场秋雨开始的。“凭轩望秋雨，凉入暑衣清。”在这场秋雨中，暑气已清，寒意尚早，唯有凉意从空气中渗透进来。这种凉爽，如同一股清风，穿越了炎热的夏天，扑进了人们的衣襟，渐入人心。

一场秋雨，万千情思。在诗人李商隐的笔下，它是一场终极的浪漫，滴滴勾勒出思念之情——“何当共剪西窗烛，共话巴山夜雨时”；在诗人王维的笔下，它是一阕闲适的生活姿态，平平仄仄都是惬意与可爱——“飒飒秋雨中，浅浅石溜泻”；而我的母亲，不会吟诗，却谨记着“一场秋雨一场寒”，她会在第一场秋雨来临时，开始为家人准备御寒的衣物，温暖一家人的生活。

在秋天的凉意里，与大自然一同呼吸，与内心对话，我们既可以感受到岁月的流转，也可以让心灵在这份清凉中得到滋养。无论是散步于枫叶飘落的林间小径，还是静静坐在窗前听雨落，都是生命里的一种美好。

只此红黄染山川

暮秋时节，下了几场雨，空气里已有了几分寒意。趁着这几日都是晴好的天，便约了友人去郊外转转，看一看冬未到、秋未央的景致。

车子在蜿蜒的公路上行驶着，昔日的山峦褪去了春夏的青绿，如今已是斑斓如画。友人忍不住赞叹着：“寒凉添秋色，红黄染山川。”我觉得友人的这句话甚好。放眼望去，大把的红，浓烈得不能再浓烈了，大把的黄，耀眼得不能再耀眼了。它们缠绵交织在一起，波澜壮阔，绵延不绝。真真是一场只此红黄染山川的盛况。

停下车，我们沿着蜿蜒的山路信步而行。路两旁的野菊花正盛开着，一朵挨着一朵，一簇拥着一簇，层出不穷。明亮的色彩极尽温暖，是李商隐笔下的“融融冶冶黄”。你看，这些野菊花在秋风里齐刷刷地挥舞着手臂，兴奋着，欣喜着，义无反顾地奔赴一场又一场的肃杀清冷，没有一丝愁苦的影子。空气里流动着清清淡淡的香气，是戴炳笔下的“一阵微风野菊香”，令人陶醉。

山坡上生长着成片的树木，人在里面穿梭，能看到大朵大朵的阳光在叶片上跳舞，每一枚叶子都闪闪发光。梧桐树的叶子从碧绿变浅黄，由浅黄变黄褐，变幻莫测；银杏树的叶子稠密秀气，像开在树上的花朵，瓣瓣金黄，把一方天空映衬得明艳无比；枫树的叶子自是不必说了，它们捧着一颗火焰的心在秋风里荡漾，像迭起的浪花，一浪赶着一浪，浩浩荡荡。还有乌桕的、白杨的、水杉的，紫红橙红，明黄深黄，每一片叶子都自有风姿，每一抹色彩都分外饱满。它们是深秋的风景线，也给清冷的秋季增添了许多暖意。

我们沿着弯弯曲曲的丛林小径继续走着，突然被几棵柿子树挡住了去路。这个时节的柿叶已经脱落，密密匝匝的小柿子缀满了枝头梢头，像一盏盏圆滚滚的红灯笼，守望着秋深冬临的时光。抬头仰望，一树柿红，明亮如火。柿红是这个季节独有的色彩，颜色由浅黄到深橘红不一，既不过于素淡，又不过于艳丽，给人以质朴沉着的美感。宋朝杨万里有诗云："风林露圃天欲霜，柿红栗紫橘弄黄。"此时，枝头累累的何止柿子啊，还有板栗、橘子，各领风骚，一派好秋光。

暮色时分，夕阳西下，晚霞满天。此时，层层林野皆秋色，叠叠山峦唯落晖。我们站在山顶，极目远望，天地一成色，万物皆红黄，颇为壮美震撼。欣赏着眼前的景致，心情也随之愉悦惬意起来，还有什么比大自然的馈赠更令人满足呢。

赴一场秋的盛宴

唐朝诗人刘禹锡说："试上高楼清入骨，岂如春色嗾人狂。"相比于春天的千娇百媚，秋天的神清骨秀更令人动容。

如果可以，我想住进时光里，赴一场秋天的盛宴。做它的一朵云，盛开在湛蓝的天空里，恬静悠然；做它的一抹风，游走在熙攘的长街上，裹着烤红薯的甘甜；做它的一缕阳光，翩飞在空气里……

提起人间秋色，人们最先想到的定是秋天的叶子，它们饮露啜霜，大醉一场，尽情狂欢。无论是"今井梧桐秋叶黄"还是"风弄红蕉叶叶声"，都写满了秋的诗意和哲思。如果可以，就做一枚紫薇的叶吧，荡漾在凉风习习的枝头上，半是橙黄半染红，如起舞的彩蝶，流光溢彩；似二月的江南，千树万树朱花开，满目皆是温润的色调。紫薇的叶子，用最华丽的色彩，勾勒着满树的斑斓，明晃晃地捧着赤诚的心，漫过季节的荒凉。

兰幽情，桂飘香，遇见秋日好时光。秋的繁华里，耐寒的花草是立了大功的。它们朝饮寒露，晚沐冷霜，卓尔不凡。无论是"马穿山径菊初黄"还是"荞麦开花白雪香"，一花一蕊皆守护着秋天的风骨和韵味。如果可以，就做一朵木芙蓉吧，一日三变色。从粉白到绯红，大捧大捧的娇艳以最纯粹的姿态盛开。在满目萧索中，默然坚韧，艳若桃李，冷如霜雪，如姿容秀丽的女侠，侠骨与柔情并存。木芙蓉用最饱满的姿态，撑起一树的热烈，生生不息，捂暖每一个清寒疏离的日子。

都说清秋有梦，雨落成诗。雨是秋天里不可或缺的元素。它们潇潇而下，如一位清冷孤艳的女子，轻沾着悲欢离合，洒江天，洗清秋，滴空廊。无论是“巴山夜雨涨秋池”还是“红蓼渡头秋正雨”，都溢满了千古情思，氤氲着秋日的浪漫与深情。如果可以，就做一滴雨吧，飘洒着秋的蒙眬。它落在红红白白的豆花上，轻一下重一下，瑟瑟清凉；它落在诗人的眉间，深一下浅一下，荡起满腹诗情，万般思念挂心头。

西风起，寒露生，又是一年好秋景。赴一场秋天的盛宴吧，带着一颗虔诚的心融入秋色里，去感悟大自然的静美，领略生活的炽热，与秋同舞。

秋至白露韵味浓

时间最是有序，处暑才刚刚转身，白露就翩然而至了，不早亦不晚。

在二十四节气里，我尤爱白露。这个时节，秋风微凉，吹皱湖里的月；露珠如霜，晕染古人的心。没有哪个时节的名字比白露更风雅，也没有哪个时节的姿态比白露更有韵味。

我喜欢在这个时节的早晨，去山野小径走一走。随便一搭眼，都是白露的影子。狗尾草的叶尖上滚着露珠，小野菊的花蕊间息着露珠，柑树的枝头挂着露珠。纯洁的，晶莹的，如刚睡醒的娃娃，清澈的眉眼里，映着湛蓝的天空，映着明净的云朵。微风拂过，露珠随之轻轻摇摆，盈盈复盈盈。这样的美好，总会令人心生柔软。

“露从今夜白，月是故乡明。”白露时节的明月，最易晕染人的情思。秋意渐浓的夜晚，皎皎明月，如一盏悬挂在苍穹的银灯，用星星点点的清辉，映照出大地的剪影。此时此刻，树影婆娑，花影缥缈，虫鸣缠绵。这样的景象，宛如一幅汩汩流动的画卷，可观赏可倾听，亦可品味。置身于这样的夜色里，离乡的人们，便会不自觉地书写一阕思乡曲。

白露时节，不仅有自然景观的变化，更有满眼装不下的收获。田野里，瓜果飘香、作物成熟。“白露高粱秋分豆”是对它最好的素描。成片的高粱如火似霞，映红了天边；大朵的棉花似怒放的白云，缀满了枝头；饱满的豆荚咧着嘴，笑出了声，“噼里啪啦”，震飞了一旁的鸟雀。朴实的农人们，在泥土地里穿梭，脸上洋溢着花朵般的笑容。

我家的晾晒场里，铺了满满一地的花生。我父母围着它们转了又转，眼角眉梢都是掩不住的喜悦。他们是粘在土地上的农人，跟着节气的脚步锄地播种，用汗水哺育着一茬又一茬的庄稼。母亲说：“到了白露，就该播种冬小麦了。”她说这话时，语调里满是热爱，眼神里满是憧憬。我忽而眼眶发热，当即打消了让他们放弃种田的念头。

秋到白露，韵味浓。这韵味，或许是清晨的露珠浸润了草木，或许是夜晚的明月氤氲着情思，抑或是田里的盛景丰盈了内心。但，无论是哪一种，都有白露吻过的痕迹，每一种痕迹，都是“人间有味是清欢”的姿态。

乡下的霜降

时光匆匆，一转眼，秋就走到了霜降时节。

明代诗人郑茂在《都门霜降日作》中写："风雨连朝动客愁，笳声呜咽满边楼。卷帘何事看新月，一夜霜寒木叶秋。"诗人的霜降，恰逢风雨交加。他触景伤情，字里行间中透露出无限的惆怅与凄苦。而乡下人的霜降，不仅没有惆怅，反而热闹繁忙。

俗话说："霜降至，收获忙。"到了霜降，秋收秋种都进入了冲刺期。人们忙着收获，忙着耕耘，忙得不亦乐乎，哪有功夫去伤春悲秋呢。

霜降的忙，要从棉花看起。"霜降不摘棉，霜打莫怨天。"九月里，棉桃绽开，一蓬一蓬白在阳光里泛着光芒，像碎银一样，白花花一片，隔着老远就能望得见。这个时候，棉田里站满了拾棉花的人。人们要赶在霜降前夕，把田里的棉花拾回家去。拾棉花的时候，每个人的腰间，都系着一个布兜子。他们沿着棉花陇走一趟，左边抓一把右边抓一把。用不了多久，布兜子就鼓鼓囊囊的了，像个大肚子晃来晃去，煞是有趣。人们把拾来的棉花摊在院门口晾晒，家家户户的门口都有一大片洁白的云朵。

霜降时节，乡下秋收的热闹除了拾棉花，还有刨红薯。"寒露早，立冬迟，霜降收薯正当时。”儿时的记忆里，刨红薯是一场轰轰烈烈的“战斗”，一家老小齐上阵。母亲通常是这场“战斗”的先锋，负责割。她挥舞着锋利的镰刀，将缠绕生长的红薯秧一一割下，露出泥土。父亲则负责刨，他握紧锄头，高高扬起，又重重落下，一窝窝的红薯就被刨挖了出来。我们孩子也不闲着，跟在父亲后面，负责把那些刨出来的红薯，捡拾到一堆。每个人的手上都沾满了泥土，每个人的脸上都洋溢着欢笑，到处都是一派丰收的景象。

老话说：“庄稼老汉不知闲，放下锄头拿扁担。”地里的农作物才刚收获完毕，农人们就开始为下一茬的庄稼做准备了，犁地翻地，浇水施肥。霜降时节，是种小麦和大蒜的最后时机，勤劳的乡人们又怎么舍得错过秋天的尾巴呢。他们行走在松软的土地上，播下生机与希望。大片的田野，似乎在一夜之间就换上了新装，褐色的，沉稳的。种子们在泥土下积蓄着力量，等到来年，开启一轮新的蓬勃。我的父老乡亲笑眯眯地站在田边，任脸上的皱纹挤作一团盛放的菊花。

我走在乡间的小路上，感受着这样场景里的霜降，内心温热且从容。想想看，还有什么比乡下的霜降时节更令人动容呢？

土墙上的秋色

日子晃晃荡荡到了九月，一场冷雨，几场西风，秋就落在了乡村的土墙上。

我回乡下看望父母。远远地，就看到了村口的老土墙。这堵土墙到底有多大年纪了，谁也说不清。我父亲说，他幼年的时候，就常跟着我祖父来墙边晒太阳。如今，祖父早就去世了，父亲也从孩童到了暮年，但老土墙却并未坍塌废弃，依然能撑一身秋色，喜悦平和。

土墙上杂草多。春夏时节，它披着一身绿，素素净净，并不是很惹眼。但一到秋天，却不得了了。那些平日里被忽略的植物，在秋风的吹拂下，兀自狂欢起来。你追我赶般地变换着色彩，赤橙黄绿青蓝紫。一切明亮的色彩都在土墙上汇聚，铺陈，开启了它的高光时刻。

土墙上，最为繁华的秋色，当数铺了一墙的叶。这个时候的叶，早就不稀罕什么浅绿翠绿了，它们要像火一样燃烧，要像花一样绚烂。它们要在生命凋零前，来一场华丽的谢幕，方才不辜负岁月的脚步。在所有的攀缘植物里，没有谁比爬山虎的叶更壮观了。叶逐渐变红，变黄，与墙面浑然一体。阳光打在上面，如锦缎般耀眼夺目。远远望去，狗尾巴草镶嵌在锦缎上，蒲公英镶嵌在锦缎上，几只去墙上觅食的小雀也如同镶嵌了在锦缎上，美不胜收。

土墙上，最为灿烂的秋色，当数攀缘在上面的花。白露过后，别的花且开且隐，露出凋零之势，而牵牛花却在这个时节蓬勃起来。它在清凉的晨露间，大张旗鼓地吹起了小喇叭。宋代诗人林逋山有诗曰：“圆似流钱碧剪纱，墙头藤蔓自交加。”那些小花儿，与藤蔓相映，一朵挨着一朵，浅碧深蓝，是纱罗裁剪而成吧。牵牛花花期短，朝开暮落。但有什么关系呢，即便它一番番落，却也一番番开，你来我往，不疾不徐。哪怕秋日接近尾声，它也会在西风里，摇曳出诗情画意，不亢不卑。

土墙上，最为饱满的秋色，当数挂在墙头的果实。村里的乡人，很会利用泥土。他们在土墙根处，见缝插针般撒下几粒种子。有丝瓜的、南瓜的，也有扁豆的。到了秋天，土墙上已是枝枝蔓蔓一大片了。一群南瓜端坐在墙头上，如胖娃娃般憨态可掬；丝瓜可不甘落后，它铆足了劲儿结出一串串的果，一副要与南瓜较高下的模样。扁豆更不用说了，它顶着满头紫色的小花在秋风里揭竿而起。花一落，扁豆荚就成形了，弯弯的，鼓鼓的，像绿色的月亮，青嫩又清香。这一墙的果实，无一不是丰衣足食的好图景。

秋风瑟瑟，凉意袭来。秋虽走到了深处，但土墙上愈加秋色浓烈，明媚着肃杀清冷的日子，温暖着烟火鼎盛的人间。

不辜负暮秋的美

时光荏苒，又是一年暮秋。自古以来，多少文人墨客为它挥笔泼墨，用文字勾勒出一幅幅暮秋好图景。刘禹锡在《秋词》一诗中写："山明水净夜来霜，数树深红出浅黄。试上高楼清入骨，岂如春色嗾人狂。"

乘着诗人的笔墨，翻开暮秋的画册，一帧一帧地观赏。这个时节，天空氤着湖泊的蓝，秋风沁着阳光的暖，月色裹着霜露的凉……暮秋之景，美得不可方物。

暮秋的花，是坚韧美丽的。野菊花盛开了，如井喷、如泉涌，一派绚烂，紫色的、红色的、白色的、黄色的，极尽色彩，无限风情。木芙蓉盛开了，笑意盎然着，碧绿的枝叶衬着一团团鲜艳，三五朵粉白，三五朵绯红，纯粹而热烈。扁豆花盛开了，精神抖擞着，无数的蝶翅在风里翩翩起舞，一撮儿红，一撮儿白，活色生香。还有四季海棠，还有山茶花，一朵朵在薄露微霜里历练自己的姿态，默然坚强。

暮秋的原野，是端然庄重的。庄稼收割完了，昔日的繁华落尽，没有了稻浪起伏，没有了弯腰忙碌的身影。褐色的泥土沉寂在一望无际的天空下，如一位练达清朗的老人，面容安详，眼神从容。我低下头，与它对话，问它可会寂寞。它浅笑着回答，新一轮的种子在土壤里积蓄着力量，准备着萌动与蓬勃，又怎么会寂寞呢？远方的白杨树，木叶飘落，只留下疏朗的枝条在秋风里坚挺着，果敢坚强，风云不惊。正如智利诗人聂鲁达所说，当华美的叶片落尽，生命的脉络才历历可见，

暮秋的阳光，是和煦轻柔的。阳光飘落下来，洒在银杏树上，叶子都泛着光芒，像摇曳的星河。我坐在树下看书，阳光透过枝叶细细碎碎地爬到我的书页上，字里行间满是阳光的暖。晴好的天儿，村里的老人们喜欢倚着土墙唠家常。阳光一跳一跳地，投落下来，铺满土墙和土墙下的脸庞。老人一笑，阳光便跟着皱纹盛开，一派安宁祥和。谁也不曾留意，秋天的阳光会在何处荡漾，温暖着岁月的寒冷与凉薄。

你看，暮秋的夜晚，月明风清；暮秋的云朵，慵懒悠闲；暮秋的小院，欢喜温暖……带着一颗欣赏的心与暮秋拥抱吧，不辜负暮秋的美景，不辜负暮秋的时光，在一花一草间，在点点滴滴里，发现生活的美妙与乐趣。

立冬的禅意

一场朔风，叩开了冬日的门楣；一地清霜，涤荡了天地间的尘埃。立冬，翩翩而至。至此，天地初寒，水始冰地始冻；霜染万物，红叶落菊傲霜。

立冬，是二十四节气中的一个重要节点。人们行走在节气里，在寒来暑往间欣赏大自然变换的美景，在气象万千里参悟每一个节气的禅意。譬如，清明的禅意是珍惜，小满的禅意是知足。而立冬这一节气，又会有什么禅意呢。

《月令七十二候集解》记载："立，建始也。冬，终也，万物收藏也。"意思是说，冬天来了，万物活动趋向休止。这个时节，去山野里转转吧。一排排树木迎风而立，槐树、水杉、梧桐树和楝子树。它们的枝头褪去了昔日的繁盛，只留下光秃秃的枝条在北风中沉默，看似毫无生机。你以为它们在萧瑟中丧失了斗志，你以为它们向严寒低头认输。不不，它们只是敛去了枝头的锋芒，默默在根部积蓄着力量，守护来年的生机。

人生百年，谁还没有一段挫折困难的时光呢？只不过在低谷的时刻，我们也要向草木学习——去繁就简，抱朴守拙，静待春暖花开日。

"菊移秋色入初冬，绝胜群芳转眼空。"立冬，是花草的分水岭。风一程，霜一程，百花便日渐凋零。唯有菊，却是不改昔日好模样。清寒的空气里，它倚着篱笆不疾不徐地开着，朵朵灿烂，瓣瓣溢彩。是时光在它那儿停住了，还是霜雪对它留情了，它才得以保留这灼灼容颜？其实都不是。当我俯下身细细端详，才发现，菊花的每一枚花瓣都饱沾了霜雪，每一枚叶片都落满了冷风。然而，它不屈不挠，在风霜刀剑里沉淀出坚韧的生命力，守护着初冬的一抹色彩。

在人生的道路上，我们又何尝不需要向菊花学习呢？即使身处逆境，也要用坚韧的意志，去迎接生活的各种挑战，绽放属于自己的美丽。

“冻笔新诗懒写，寒炉美酒时温。”唐朝诗人李白说，天气寒冷，墨笔冻结，正好偷懒不写新诗，而是点燃一只红泥小火炉，烫上一壶热酒，恣意畅饮。喝多了，看月下砚石上的墨渍花纹，恍惚间以为是大雪落满山村。这样的悠闲时光，是何等的美哉快哉啊！在喧嚣的世界中，我们何不效仿古人，放慢生活的节奏，让自己做一些无关紧要的闲事呢。譬如，熬一碗甜粥，泡一壶清茶，又或者什么都不做，只眯着眼在太阳下打个盹儿就好。这一刻，我们与旧时光谈心，与坏情绪言和，内心安静而从容，日子温润而美好。

纵然尘世喧嚣，我们也要学会将心休憩于一份宁静之中，适时地偷懒，享受生活。

“一千个人眼里有一千个哈姆雷特”，在我眼里，立冬的禅意是积蓄力量，是意志坚韧，也是偶尔的忙里偷闲。那么，你眼里的立冬又有什么禅意呢？

初冬之美

“倏忽秋又尽，明朝恰立冬。”时光荏苒，季节变换，初冬携着深秋的余韵，披着清浅的寒意如约而至。此时的天气尚未冷得彻底，阳光里还带着和煦的味道。趁着晴好的天，几个好友相约着去郊外寻冬，一起品味初冬时光里的闲适与惬意。

我所在的城市，四季分明，每个季节有各自的鲜明特征，从不马虎，哪里还需要去寻找呢。

一出城，都是满眼装不下的斑斓，如一卷浑然天成的油画，令人叹为观止。柳树依然绿着，褪去了“碧玉妆成一树高，万条垂下绿丝绦”的娇柔模样。枝枝叶叶间无不透露着一股沉着冷静的姿态，让人心情平和淡然。枫树的绿渐渐隐退了，红色开始蔓延。紫红、橙红、火红，轰轰烈烈地开启了色彩的狂欢，就像一个人走过平湖烟雨，跨过岁月山河后，幡然醒悟“人生得意须尽欢”，哪舍得虚度时光。银杏的叶子在枝头翩翩起舞，举手投足间俱是文人墨客的气场，集优雅与豪情于一身。静是“风韵雍容未甚都，尊前柑橘可为奴”，动是“满地翻黄银杏叶，呼惊天地告成功”。无论是哪种姿态，都是看不尽的。

初冬时节的花草，已是泾渭分明，却总有一些草还绿着。“霜轻未杀萋萋草，日暖初干漠漠沙。”蜿蜒的小径旁，高羊茅、牛筋草，手挽着手，肩并着肩连成一片，色泽虽不鲜亮，但很倔强。它们在秋阳下欢呼雀跃，在西风里精神抖擞，热热闹闹地腾起一地的柔韧，大有“兵来将挡，水来土掩”的豁达之势。远处的小野菊还在盛开着，空气里满是菊花的清香，清爽不腻人。我们跟着一朵花走，顺着一缕香走。一地的小野菊花开灼灼，嫣红如火，粉嫩似霞，明黄如金，洁白似雪，极尽颜色，纯粹而热烈地将生命之歌演绎得淋漓尽致。我看着它们，心里荡起一圈又一圈的感动。每一个生命都在用尽全力地活着，生生不息，代代无穷。

“芦花雁断无来信，柿子霜红满树鸦。”半山腰的柿子树上，热闹得紧。几枚熟透了的柿子招引着一波又一波的鸟儿，乌鸦、麻雀、喜鹊，赶集似的你来我往。我看到几只花喜鹊拖着长长的尾巴站在枝头，“叽叽喳喳”说个没完。午后的阳光轻飘飘地落下来，悄悄给它们的羽毛镀上一层金粉。在高远清澈的天空映衬下，枝条疏朗，柿子娇艳，喜鹊灵动，每一寸景色都唯美成了童话。随手一拍，便是岁月嫣然的好图景。这个时节，许多鸟儿都飞到南方过冬了。留鸟们却依然固守着自己的家园，筑巢垒窝，觅食嬉闹，不亦乐乎。好友说：“候鸟有候鸟的梦想，留鸟有留鸟的幸福，没有高低贵贱之分。”我想，生活亦是如此，过自己喜欢的日子，过适合自己的生活，远比他人眼里的幸福更实在。

我们在山中寻寻觅觅，与落叶低语，跟云朵对视，邂逅一帧又一帧的诗情画意，领略一场又一场的初冬神韵。初冬的美，何止皮相美，更是骨相美，风采美，它用不动声色的力量，丰盈着我们的灵魂。

寒冬火炉乐趣多

孩子放寒假了，遂带他回乡下小住几天。

我们一到家，母亲就赶忙生炉子。儿子看着眼前的黑铁炉子，不屑地问：“它比城里的暖气还暖和吗？”母亲一愣，边添煤边说：“应该差不多。”

许是怕我跟孩子冷，母亲不住地往炉膛内添煤块，直把铁炉子烧得通红。可儿子依旧嘟囔着，嫌弃炉子没有城里的暖气暖和。见状，母亲内疚道：“明天你就带孩子回去吧，别把他冻坏了。”我说：“别听他的，他这是没发现火炉的好。”儿子一听，饶有兴趣地问：“妈妈，火炉有什么好呢？”我笑着回答：“炉火的好，可多了。”

儿时的冬天，我最喜欢的事就是围着炉火烤东西吃。每天一放学，我扔下书包就直奔炉子跑去。通红的炉筒上煸着两个馒头，色泽金黄，泛着麦子的甜香。炉膛下是烤的花生，外焦里酥，吃起来香脆可口。当然，我最爱的是烤红薯片。胖圆的红薯洗净去皮，切成适中的片状，依次围在炉筒上。我蹲在一旁，时不时地用夹子翻个面，防止烤糊了，等到两面金黄，就可以吃了。轻轻咬上一口，唇齿留香，怎么也吃不够。

到了晚上，母亲在炉子上煨一锅汤菜。有时候是白菜炖豆腐，有时候是萝卜排骨汤，各种菜肴在锅里咕嘟着，氤氲出浓郁的香气。一家人围着炉火，坐成一圈，夹一口热菜，吃一口热汤，温暖而妥帖，一圈又一圈的幸福感在心底荡漾开来。正如古人所云："深夜一炉火，浑家团圆坐，煨得芋头熟，天子不如我。"冬天的夜晚，一家人围炉而坐的乐趣，千金不换。

我正跟儿子津津有味地讲着这些趣事，父亲进来了。他把一个圆形的铁丝网，放到炉子上，又把一盘带皮的花生，均匀地铺在铁丝网上，不一会儿，花生壳的焦香就飘散开来，满屋都是令人垂涎欲滴的香味。儿子忍不住捏起一个，放入嘴里，直呼："太香了，比超市卖的好吃多了。"

我们又烤了甜糯的栗子和酸甜的苹果。儿子第一次吃烤苹果，很是新奇。他咬了一口，烫得直吐舌头，又忙不迭地吞了下去。酸甜的苹果汁在他的舌尖绽放，他夸张地吧唧嘴，把大家逗得哈哈大笑。

我逗儿子说："明天就回城了。"儿子急忙摆手说："我才不要回城呢，我要在外婆家过寒假，还要烤一堆好吃的。"母亲闻言，惊喜不已，又从厨房拿出几块糯米糕，乐呵呵地教儿子烤糯米糕。祖孙俩围着炉子，哼着歌谣，你一句我一句，满屋子都是欢乐的气息。

你看，从古到今，这一膛炉火带给人们多少乐趣啊。

冬日雪满天

“春有百花秋有月，夏有凉风冬有雪。”每个季节都会有各自的美好，譬如，冬的美好便与雪同在。谚语里说“冬季雪满天，来岁是丰年”；古诗里写“忽如一夜春风来，千树万树梨花开”；童谣里吟“寒风吹，雪花飘，堆个雪人个头高”；歌词里唱“雪像绽放的礼花，天地间肆意地飘洒”。你看，寒冷的冬天，因了这漫天纷飞的雪花，备受人们的喜爱。

今年的初雪，落在了仲冬时节。

晨起，天空阴沉着，细密的雪花从空中簌簌而落，米粒般大小，白糖般晶莹。“雪花旋落旋成融，横作清霜阵阵风。”这样的小雪粒还未落到地上，便融化在清凉的空气里，伴着风荡漾在人们的脸颊上、眉睫上，凉而不寒。孩子们在雪中嬉戏，像一群闹嚷嚷的小雀，“叽叽喳喳”，把雪粒扑腾得四处飞溅。仿佛听到雪粒的声音，“叮叮咚咚”，仿佛是吹响了欢乐的前奏。用不了多久，就可以堆雪人，打雪仗了吧。

中午时分，雪越下越大。似纷飞的羽毛，一片接着一片；如绽放的银菊，一朵连着一朵，铺天盖地。“六出飞花入户时，坐看青竹变琼枝。”落不尽的大雪里，天地云影为一色，放眼望去，美如仙境。萧瑟的竹林因了雪的装点，变成了琼枝玉叶，洁白明亮。枣树、柳树的枝条上，盛开着千朵万朵的雪花，压枝欲低，别有一番情趣。房屋、农舍掩在皑皑雪色里，一砖一瓦都是银雕玉琢的精致，如诗如画。山脉着银装，湖泊裹白衫，要多素净有多素净，颇有仙风道骨的意味。

次日，天放晴了。晨曦的光徐徐推开云雾洒落下来，给万物镀上了一层粉金色。“红装素裹，分外妖娆。”晴空下的白雪，是不一样的。它与阳光交相辉映，无限风情，绮丽得让人移不开眼。古今文人雅士大都喜欢雪后赏梅，如今，我也学一回文人，踏雪寻梅。在公园的一隅，一株梅树正伸展着苍劲的枝干，冷艳地开着。秾艳的红在白雪地里，流光溢彩，极为显眼。走近，细看。雪为一树的梅花镶了层层银边，在阳光的照耀下，朵朵晶莹，瓣瓣染金。若有些许微风吹过，梅花在枝头翩翩起舞，闪着艳红或粉白的光芒，好似面如凝脂的仙子，衣袂飘飘。

在这个大雪纷飞的冬日里，你可否有这样的闲情逸致，赴一场与雪的约会，不经意间，邂逅一场独有的美丽与简单的快乐呢？

冬天里的小美好

一直以来，我对冬天都有莫名的期许和兴奋。喜欢冬天，是因为可以舍弃不必要的应酬，抛开多余的情绪，放缓脚步，让生活节奏回到“一切都慢”的从前。说起来，没有哪个季节能像冬天这般，一点儿小事情，就能生出许多美好来。

诗人白居易说：“杲杲冬日出，照我屋南隅，负暄闭目坐，和气生肌肤。”“负暄”就是晒太阳的意思。冬天的阳光照进屋里，一室明媚。闭目坐在阳光里，浑身暖洋洋的，一开始像喝了杯暖酒，微醺醺的，醉眼迷离。再后来像睡了个好觉，浑身通透舒畅，让人一再沉溺。太幸福了，太温暖了。我只能这么俗气地感叹，只能任自己心无杂念地泡在这汪洋里，不辜负每一朵阳光的温柔缱绻。

郁达夫先生说，北国冬天的生活，是围炉煮茗，或吃煊羊肉，剥花生米，饮白干。还记得小时候，家里没有暖气，家家户户都是生炭炉取暖。天寒地冻的夜晚，或是不能出门的雨雪天气，一家人都围着烧得旺旺的炉子而坐，有说有笑。炉上的砂锅里煮着粥，旁边烤着红薯和花生，粥的糯香、红薯的甜香和花生的焦香缠绕在一起，满屋子都溢满幸福。场面恰如《围炉夜话》里所载：“岁晚务闲，家人聚处，相与烧煨山芋。”

这是别的季节没有的闲适情致。

邓丽君唱过一首《踏雪寻梅》："雪霁天晴朗，腊梅处处香，骑驴把桥过，铃儿响叮当，好花采得瓶供养，伴我书声琴韵，共度好时光。"所谓的踏雪之趣，莫过如此。雪后天晴，银装素裹的世界里，隐约闪现着几簇鹅黄色。轻柔的雪花唤醒了沉睡的花蕾，朵朵凌寒盛开，瓣瓣幽幽吐香。人从腊梅树下经过，暗香盈怀，沾襟染袖，心灵也愉悦起来了。折一枝梅带回家，插入清水瓶里，清爽明净，能开好长时间呢。这一刻，时光与人俱美好。

在冬天，日子慢下来了。我们不慌不忙做一些有趣且美好的事。譬如寒夜读书写字，让墨香温暖心灵；譬如做一碗甜汤，让肠胃热热地蠕动；譬如给爱人织一件毛衣，一针一线都是温情。在冬天，我们不强求缘分，不贪恋名利，在顺其自然里，安安静静地做自己。

山野冬韵

宋代诗人苏轼曾在冬至日出游时，写下一首小诗："井底微阳回未回，萧萧寒雨湿枯荄。何人更似苏夫子，不是花时肯独来。"如今，我也学诗人一回，在这个百花凋零的冬日，寻找山野的冬之韵。

此时，山边的麦田正呈现着一派生机盎然的景象。一株株麦苗随风起舞，纤瘦的茎叶在彻骨的寒意里澎湃着，热热闹闹地腾起绿油油的雾岚。远远望去，波澜壮阔。看着看着，竟让人忽略了四周的寂寥。

小的时候，我常跟着父亲去看冬天的麦田。我搓着冻得通红的手，问父亲，为什么麦子不怕冷呢？父亲叼着烟卷蹲在田边，意味深长地答："麦子是冬天的勇士，它们柔弱的身躯里藏着一颗强大的内心，承载着生命之痛和生命之重，默默地拥抱寒冬，怒放生命。"那时的我并不能理解这些话的含义，直到历经岁月沧桑后，才对这些麦苗心生敬畏。

蜿蜒的山路上，一棵梅树端坐在光阴里，让人眼前一亮。枝枝丫丫上写满了诗意，有将开未开的花苞，一点红、一点白、一点粉，如孩童的眼眸，活泼透明；有初放的花朵，红红黄黄，艳艳盈盈，如妙龄的女子，柔情脉脉。这些小花小朵幽幽吐香，在清冷的空气里搅动出一团温馨。梅花的香比桂淡雅，比兰清冽，即使是闭上眼也能分辨出，这是梅花特有的气味，香而不妖，甜而不腻。

梅是从九月份开始孕育蓓蕾的，然后是小蕊，接着是大蕊，再然后是将开未开，最后才是绽放。在冬日的风霜严寒里，抖落出一身好颜色，惊心动魄着。梅不同于寻常的花，它从冬开到春，既有“凌寒独自开”的惊艳，安慰了冬日的苍白与寂寥，又有“俏也不争春，只把春来报”的低调。它掀开春天的衣角，牵引出桃红与柳绿的盛景，默默退场。终于明白，千百年来，梅花何以会备受文人墨客的青睐了。那是因为，它的惊艳是熬过苦难后沉淀下来的淡定与从容，它的低调是不争不显的傲骨。人，亦应如此。

山坡上铺满了厚厚的落叶。是枫树、杉树、槐树、楝子树的，还有其他落叶植物们的。唯独没有松柏的。我在不远处看到几棵松柏，松枝傲骨峥嵘，柏树枝冠浓密，健硕的躯干撑着一树的苍绿。这种绿，不似碧绿娇嫩，也不似墨绿晦暗。它很像年代久远的绿镯子，古朴端庄，透着时光积淀出的厚重味道。松柏，四季常青，历严冬而不衰，度酷暑而不凋。无论哪个季节，它们都是一身绿装，亘古不变，给人一种很寻常的感觉。春天没有浓墨重彩的繁花朵朵，秋天没有红黄相间的斑斓色调，即便是结出的果实，都是老气横秋的模样，毫不出彩。

我走近，细看。清浅的阳光落在松柏的枝叶上，闪烁着重重叠叠的光亮。我一时间恍惚，竟分不出这光亮究竟是来自阳光的温情，还是岁月的历练。我闭眼，倾听。风穿松针入耳，“沙沙，沙沙”，像老祖母的呢喃，语调和蔼亲切。老祖母说，繁花似锦是一种人生，大起大落是一种人生，默默无闻也是一种人生，什么样的人生都不重要，重要的是在自己的人生里安心地做自己。

我站在山顶，看着云朵从山的这边游到那边，悠然自在。此刻，我终于参透了山野的韵味，做好自己，便是此生最好的诠释。

醉美在初冬

四季俱可喜，最好初冬时。初冬，朔风乍起，阳光和煦。清浅的寒意把这个时节渲染得既有深秋的风采，又有冬天的神韵。

午后，我倚在阳台的躺椅上闲闲地翻着诗词雅集，恰巧读到白居易的《早冬》："十月江南天气好，可怜冬景似春华。"随意往楼下瞟一眼，入目皆是红黄绿的主打色。此时，阳光暖暖地照在身上，很是惬意。索性放下手里的书，出门去，去生态园。

一进生态园，门口的月季花最先跳入眼帘来。在将黄未黄的草木间，一团一团的艳丽缀在绿枝上。大红、橘红、粉红、栗黄、鹅黄、浅黄……如云似霞，分外夺目。月季是极为常见的花草，乡下的院子里有，小区的花圃里有，街道的绿化带里也有。不用刻意打理，便能月月盛开，朵朵芬芳。或许是因为太常见的缘故，反而易被人们冷落，鲜有人仔细欣赏过它的美。

此时，荷花枯萎了，木槿凋零了，连耐寒的木芙蓉也憔悴了。唯有月季，仍不紧不慢地开着花，朵朵丰腴，瓣瓣灿烂。路过的人终于肯为它停下脚步，惊叹一声，瞧这月季花，开得多俊俏啊！面对大家的夸赞，月季却淡定得很，如同尝过人生百味的人，不惧冷落，亦不慕繁华，眉眼里俱是风轻云淡的从容。只管安心地开着花，安然地做自己。

这个时节的枫树叶全然没了绿意，每一枚叶都红透了，颜色浓烈饱满。小小的巴掌在风中挥舞着，焕彩蒸霞，把头顶的天空都映红了。陆游在《初冬》一诗中写："枫叶欲残看愈好"，果真不假。

有叶子从树上缓缓飘落，像翩飞的蝶，欢喜雀跃，想落到哪里就落到哪里，自在的很。这不是凋零，不是离别，而是一场炽热地奔赴。它们跟风相恋了一个春，相恋了一个夏，相恋了一个秋，终于下定决心，一起相伴着去流浪。它们一路走着，一路诉说着情话，"沙沙沙，哗哗哗，"不慌不忙，走到哪里，哪里便是最好的归宿。毕竟，四海为家，是它们的宿愿。

小湖旁的白茅已是银枝金叶。它们顶着一头毛茸茸的花穗，在风里齐齐舞动着腰肢，弯下去，荡起来，奔放率真。像白色的浪花，一浪赶着一浪，波澜壮阔；像漫天的飞雪，一片连着一片，浩浩荡荡。大有唐代诗人岑参《至大梁却寄匡城主人》一诗中"长风吹白茅"的意境。

白茅很有侠义之心，它们在湖边开疆拓土，用纤细而锐利的枝叶撑起一方安稳的世界。从春到冬，忠于职守。任蒲公英、旋覆花等花草在这里撒欢，也任喜鹊、麻雀、翠鸟等鸟雀在这里嬉戏。在白茅的眼里，所有的生命都是一样的，没有谁更高贵，也没有谁更卑微。你来，我热情相拥，你走，我坦然相送，不亢不卑。

如果时光是一卷书，深秋的斑斓不过是轻描淡写的序章，初冬的绚烂才是浓墨重彩的正文。如果说秋天的美适合观赏，那么冬天的美便适合品味。我愿在初冬的时光里，邂逅一场生命的美好。

人间情重

一缸父爱

夏至刚过，就接到父亲打来的电话。他说家里种的瓜果都能吃了，让我抽空带孩子回去尝个鲜。其实，父亲说的那些瓜果，超市里早有卖的，我已经吃过多次了。他在电话那头滔滔不绝地介绍着：“今年的桃子比往年结得好，又脆又甜；西瓜也好，沙地里长出来的，汁多瓤沙，还有你最爱吃的脆瓜……”我不忍拂了他的兴致，便装作很欢喜地样子答应了。父亲忙不迭地应着：“好好好，我提前把它们放到井水里冰着，这样你们到家正好吃。”

周末天气炎热，我懒得出门，就打电话告诉父亲，手头还有些活没忙完，先不回去了。父亲哦了一声，有些失落地说：“忙点好，忙点好。”隔了一日，又接到父亲的电话，他问：“你忙完了没有，再不回来，只怕那些瓜果会坏掉的。”我卧在沙发上，正享受着空调和网络的惬意时光，吞吞吐吐地告诉他，那些瓜果城里也有卖的，我想吃就去市场买点，家里的就留着让他跟母亲吃。父亲固执地说：“那怎么行，这些都是你最爱吃的。”随后，他顿了一下，又说：“你别管了，爸来想办法。”我在电话里就笑了，心想，他能想出什么办法呢？

中午时分，我正做饭，再次接到父亲的电话。听得出来，他有些气喘吁吁：“闺女，我跟你妈到你们小区门口了，门卫不让进，要不你来一下？”我有些疑惑，怎么会不让进呢？忙挂了电话往门口跑去。一下楼，暑热扑面，黏糊糊的空气直闷得人透不过气来。我忍不住暗自抱怨，有什么事不能电话里说，非要大晌午的跑来一趟，多遭罪。

远远地就看到父亲在大门口站着，花白的头发，黢黑的脸庞，一副手足无措的样子。此时，他的身影看起来真小啊，像枚枯瘦的树叶。刹那间，我心疼起来，小跑着奔向他，叫了声爸。父亲看到我很兴奋，赶忙跟门卫解释着：“这就是我闺女，我来给她送些自家产的瓜果，不是捡破烂的。”门卫一再跟我道歉，说我父亲的三轮车里拉着一堆棉被和水缸，他们误以为是拾荒的，实在对不住，等等。

我顺着门卫指的方向望去，才发现了停在墙边的三轮车和三轮车里的母亲。母亲正坐在三轮车里的小凳上，不时地拽一拽水缸上的棉被，防止它们滑落下来。我顾不上听门卫的解释，赶紧跑到三轮车旁，掀开棉被望去，这口粗陋的土陶缸里装了半缸清水，冰着那些我爱吃的瓜果。母亲说缸里的水是父亲出门前才从井里打出来的，一路上用棉被护着，现在还是冰凉的呢。我抚摸着水缸上渗出来的水汽，的确是冰凉的。

到了家里，我和儿子很贪婪地捧着瓜果啃。父亲在一旁看着，满眼笑意。他说：“我就说我有办法吧。”语气很是自豪，仿佛自己做了一件了不起的事。母亲在一旁说：“这些都是你爸挑了又挑的，破皮的不行，个头小的也不行，怕路上颠簸磕坏了这些瓜果，他骑车骑得慢极了，比平常到这多用了二十几分钟呢，你爸这人呀，真是岁数越大越心细了。”父亲不好意思地笑了，心满意足。

在父亲的笑声里，我红了眼眶，背过身偷偷抹了抹眼泪。

从老家到我住的小区，四十多公里的路程。我年近七十的父亲在这闷热的暑气里小心翼翼地蹬着三轮车，骑快了怕磕到缸里的瓜果，骑慢了怕暑气侵袭了缸里的井水。他就这样沉稳地踩着脚踏，一路精心呵护着这口水缸，哪怕他跟母亲热得浑身都湿透了，也不敢停下来歇一歇。过往的行人、小区的门卫，没有人明白父亲护着的只不过是他给女儿带的一些瓜果。

父亲的手

父亲打来电话："这两天，我要去城里办事，给你捎几根嫩玉米吧，尝尝鲜？"我不忍拂了他的兴致，就随口应了声好呀。其实，城里的超市里，一年四季都有嫩玉米卖。黑玉米、黏玉米、水果玉米……父亲认为的上市货，对我来说并不是什么稀罕物儿了。

第二日，天刚蒙蒙亮，父亲就站在了我家门口。他肩上扛着一蛇皮袋子鲜核桃，手里拎着的塑料桶里，装着鲜嫩的玉米。我打开门，瞬间愣住了。仲秋时节的早晨，空气里已是凉气袭人，但父亲的额头上却渗着细密的汗珠，热气蒸腾着。

父亲把东西搬进客厅，顺手从塑料桶里拿起一根玉米，扒开外面的青皮，很得意地说："这些都是我细细挑选过的，你看，每一根都是鲜嫩饱满的。"我看过去，不经意间发现，他手掌的虎口处，有几处划伤，血迹尚未干透。父亲注意到我的目光，把手往回缩了缩，说："人一老，眼神就不好了，早起掰玉米划破了点儿皮，不碍事。"我定定地看着他的手，心仿佛被什么撞击了一把，突突地疼着。这是怎样的一双手啊，粗糙、削瘦，像山坳里挖出来的老树根，上面布满了沧桑的痕迹。凸起的关节、磨出的老茧、深浅不一的伤疤……这哪里还是我记忆里的那双手啊！

幼年的记忆里，父亲曾有一双好看的手，每一根指节都是清晰而匀称的，很像艺术家的手。那时的父亲还年轻，充满朝气和活力。他喜欢音乐，会吹笛子，会拉二胡，灵活的指尖在不同的乐器上跳跃着，演奏出动人的旋律。他喜欢写毛笔字，修长的手指握住毛笔，蘸墨，悬腕，一行飘逸灵动的大字跃然纸上，引得一群人喝彩。他还会雕刻，在他手里，哪怕是一块平平无奇的木头，都能雕刻出精巧的花样来。

后来，随着弟妹的出生，祖父母又接二连三生病，家里的日子每况愈下。从那时起，父亲为了一家人的生计，开始了疲于奔命。他在田里挖地锄地，手掌里磨出了厚厚的老茧；他在果园里修枝剪叶，手背上挂满了累累的伤痕；他四处打零工，搬水泥拉砖坯，每每到家，都是一身臭汗，两手黑泥。父亲没有闲情去弹奏乐器，也没有雅致去挥笔泼墨了。他不复当年的意气风发，头顶上点点霜花落。他的双手，随之失去了昔日的光彩，沟壑重叠。这一晃就是大半辈子。

等我们姐弟几个工作了，家里的日子也渐渐好起来。父亲终于有了大把的空闲时间。他曾找出落满灰尘的乐器，翻出压箱底的笔墨纸砚，却发现自己根本弹不出一首完整的曲子，也写不出一张刚劲的大字了。长期的辛苦劳作，导致他的手严重变形，骨骼突出，手指僵硬。他的手，再不复从前那般灵活了。

父亲有没有看着自己的双手叹息过呢？或许是有过吧，在夜深人静的时候，在对着那些老物件力不从心的时候。可他是深沉的海，纵然心底波涛汹涌，却依然保持着一份令人安心的风平浪静。他即便叹息过，也自是不肯让我们发现的吧。又或许，他从没有看着自己的双手叹息过。这双手如此厚实，如此温暖，托着一个家的未来。他是巍峨的山，哪怕是风雨欲来，也会为我们撑出屏障般的艳阳天。这样的父亲，又怎会叹息呢？

想到这里，我的目光再次落到父亲的手上。这双手正给我夹核桃，笨拙又熟练。我一时间不知道说什么好，只转过身，任泪如雨下。

父爱润无声

夏日的清晨，我在屋檐下陪着儿子读书。忽然，他指着杜甫的诗句“随风潜入夜，润物细无声”，问：“妈妈，除了春雨还有什么是润物细无声的呢？”我愣住，一抬眼，目光便落到了院子的菜园里。那里青翠一片，安静美好。

这片菜园原本是一片花坛，长着父亲喜爱的月季和木槿。只因为我随口说了句：“现在市场上的农药太多，要是咱们家里有片菜园子就好了，想吃啥就种啥，既新鲜又健康。”父亲就把我的话当真了。他把花坛里开得正盛的月季和木槿统统迁移到了别处，或屋后，或墙边。继而，把这里辟成了菜园子，种上了菠菜、油菜、豆角、黄瓜等各种我喜欢吃的蔬菜。

此时，我的老父亲，正站在园子里给黄瓜秧搭架子，细密的汗珠从他额头滑落下来，浸透了搭脖子上的毛巾。我怔怔地看着，渐渐湿了眼眶，往事在我脑海里一一浮现了出来。

幼年的时候，我喜欢读书。但那会儿，家里赖以生存的不过是贫瘠的几亩薄田。父母能供养我们姐弟几个上学，已是耗尽了力气，哪还有闲钱买课外书呢。可我很不懂事，常常缠着父母去镇上的书店买书，哭天抹泪的。父亲心疼我，就把家里换油盐的鸡蛋卖掉，来满足我的愿望。害得父亲常被母亲埋怨："你就这么惯孩子吧，饭都快吃不上了！"父亲不恼也不辩解，只是嘿嘿地笑着。我想，现在的我能以文字糊口，到底还是因为当时父亲的成全吧。

中学的时候，我到了叛逆期，经常逃学，又三番五次地跟老师顶撞，班主任终于忍无可忍，让我退学。父亲听闻后，匆匆赶来。我站在办公室外面，隔着窗户看到他站在班主任跟前，不住地点头哈腰。不知道说了多少好话，赔了多少不是，才换来我继续上学的机会。父亲从办公室出来后，没有说一句怪我的话，只是轻轻抚摸着我的头说："都过去了，你只管好好上学就行，其他的事，有爸呢。"从那以后，我收敛了叛逆的性格，认真读书，努力学习，虽没有出类拔萃，却也懂事了许多。

儿子两岁的时候，我的婚姻陷入了低谷。离异后的我，无处可去，只得抱着孩子回了娘家。见到我回来，父亲什么也没说，只嘱咐了母亲日日做些我爱吃的饭菜，便去忙了。他忙什么呢？我不知道，也没心情过问。直到有一天，父亲给了我一套钥匙和一本写着我名字的宅基地证。原来，父亲怕我跟兄嫂住在一起有寄人篱下的感觉，便翻修了曾经的老院，并把宅基地证上的名字，改成了我的。这是父亲尽自己最大的力量，给我的安稳和归宿。而我能拥有继续生活下去的底气，也源于父亲的这份力量。

"妈妈，你快说呀。"儿子的催促声将我的思绪拉了回来。我想，答案一定是父爱了。它有春雨的姿态，温暖而不张扬；更有春雨的精魂，柔和亦有力量。它就这样坚定不移地滋养着自己的儿女，使我们能够成长、前进和生存。

母亲的情书

七夕节前夕，一家人围在一起闲聊，聊着聊着，就聊到了情书的话题。我跟姐姐你一句我一句，聊着文人们的爱情、文人们写下的浪漫情书。

譬如，沈从文给张兆和写的情书：“我行过许多地方的桥，看过许多次数的云，喝过许多种类的酒，却只爱过一个正当年龄的人。”譬如，钱钟书给杨绛写的情书：“没遇到你之前，我没想过结婚，遇见你，结婚这事，我没想过别人。”

聊得正欢时，一旁的父亲忽然开了口，他说：“你妈给我写的情书，是天底下最好的情书。”闻言，我跟姐姐十分愕然。母亲不识字，连自己的名字都写不出，又如何能写情书呢？见我们疑惑，父亲便娓娓道来。

母亲的情书，是手里的针线。针是笔，线是墨，一针一针写下温暖的字符。母亲的针线活，在附近几个村子都是出了名的好。在那个还没有缝纫机与裁缝铺的年代，父亲身上的衣衫，脚下的布鞋，全都出自母亲之手。有一年，父亲要跟着村里的建筑队外出了。母亲得到消息后，就开始忙活了。扯布，弹棉花，裁剪打样，纳鞋底，缝鞋面……昏黄的灯光下，母亲不知疲倦地缝着，纳着。整整熬了三个夜晚，才赶在父亲出发前，做出了一身棉衣，两双棉鞋。父亲看着一行一行细密的针脚，红了双眼。这细密的针脚里，都是母亲的千行情万行意啊。

母亲的情书，是餐桌上的饭菜。母亲擅长做美食，确切地说，是自从嫁给父亲后，她才开始擅长做美食的。母亲当姑娘时，极少做饭做菜，家里的烧煮，都是外婆做。她不懂如何和面揉面才能擀出劲道的面条，也不懂放多少油盐佐料，才能把普通的萝卜汤炖得有滋有味。嫁给父亲后，母亲绾起了发，系上了围裙，在光线昏暗的茅草房里打造着一方天地。父亲胃不好，顿顿要有汤滋润着。母亲为了让父亲吃得舒心，就去请教外婆，请教左邻右舍，变着花样煲汤。父亲下地回来，一脚踏进家门，就听到菜刀在案板上“叮叮当当”，就闻到饭菜的香气在空气里飘荡，心里踏实又温暖。

母亲的情书，是肩上的担子。父亲外出务工的日子，一大家子的吃喝拉撒都落在母亲的肩上。她要照顾瘫在床上的婆婆，要照顾几个年幼的儿女。为了让父亲没有后顾之忧，母亲就变成了超人。天不亮，她就扛着农具下地了，除草施肥，浇水培土，把庄稼打理得井井有条；临近中午，又风风火火地赶回到家里，做饭洗衣，喂猪喂牛，把家里收拾得一尘不染。夜晚，旁人都入睡了，母亲还借着微弱的灯光忙碌着，或是缝补衣衫，或是做些手工活贴补家用。父亲在远方，是心安的。他不必像别的工友般，担忧着家里，因为他知道，只要母亲在，家就在，幸福就在。

这世间的情书，有千万种模样，被文人一次次写出；这世间的情书，只有一种模样，那就是凡俗的烟火日常。它不必用笔墨书写，而是在一针一线间织就绵绵情意，在一鼎一镬里滋润天长地久。它是朝朝暮暮的陪伴，也是红尘里最好的情书。

爱折腾的母亲

祖母常跟我们说："你妈这一辈子不容易，要好好孝顺你妈。"

母亲有多不容易呢？她出身贫寒，嫁给父亲是从一个寒窑跳进另一个寒窑。幼年时，父亲长期在外打工，瘦弱的母亲便挑起了一家子的吃喝拉撒，从田间地头到厅堂厨房，打理得井井有条。这中间的辛苦，大家有目共睹。可在当年，祖母却常揶揄母亲，说她是瞎折腾。

在那个物质匮乏的年代，大家忙着种地干活，鲜有人穿得干净体面，母亲却是独一个，她的衣服必是洗净熨平的。那时没有熨斗，母亲就用搪瓷缸子盛上热水，沿着衣服的褶皱熨烫，直到平整。我们姐妹的衣服也比村里其他孩子的整洁许多。那时，正值淘气的年纪，上墙爬树是常有的事，被树枝刮坏衣服也是常有的。每次我们淘气回来，母亲都会把刮坏的地方一针一线缝上，顺便再绣上几朵小花，给洗得发白的衣衫添了几分明媚。

因为这事，祖母经常私下嘀咕："你妈可真有精力，在地里累了一天了，到家也不知道休息，好赖缝个布丁将就一下得了，非得瞎折腾。"这话若是被母亲听到了，她也不恼，温和地向祖母解释："这不是折腾，是对生活的态度，咱们尊重生活，才能让日子焕发生机。"

母亲的折腾不仅体现在穿着上，还在吃喝上。那时村里没有水井，家家户户要到山边上挑水吃。但若赶上下雨，好多人家就不去挑水了，他们会把盆子罐子搬到院子里接雨水，沁一沁，留着洗衣做饭用。母亲也会接水，但她从不会用来做饭。她说那水沁完也是浑浊的，用来洗洗涮涮还行，做饭还得是山泉水。

父亲不在家，祖母年迈，我们尚幼，挑水的活也只能是母亲去做。祖母满是心疼地责怪她："熬一锅粥，炖一锅菜，谁能看出这水是不是浑浊的，真是穷讲究，你这个人就是受累的命，分明可以偷个懒，你非要瞎折腾。"母亲笑："咱不能辜负了粮食啊，水不一样，做出来的饭菜滋味也不同，生活嘛，多折腾才更有滋味。"

其实，不仅祖母常说母亲是瞎折腾，村里也有人曾暗地里这样说她。我十六岁那年，祖母生了一场大病，高额的医疗费用让我们这个原本不富裕的家庭更是雪上加霜。为了补贴家用，母亲经常从镇上的小作坊里领些手工外发活回家做，编筐子，做仿真花，串珠子……总之，她什么苦活累活都干，各种忙碌。

村里有人给她出主意说："你家俩丫头都不小了，让她们辍学去厂子上班，能挣不少钱呢。"母亲笑着说："不行，她们得上学呢。"那人撇嘴："丫头片子上什么学，能识俩字就行了，将来还不是得嫁人，你还能养她一辈子呀。"听到这话，母亲没了好脾气，说："我自己的闺女，我就要让她上学，上到大学，以后，她想结婚就结婚，不结婚也没关系，我养到她老！"

那人被这么一怼，面上有些挂不住，嘟囔着："真当自己闺女是金枝玉叶呀，也不看看自己的状况，瞎折腾啥。"母亲不以为然，说了句让我刻骨铭心的话，她说："她们不读书，将来只能跟我一样，我现在折腾，她们以后就不用折腾了。"

后来，我们姐妹都陆续参加工作，家里的经济状况日渐好了起来，再也不用母亲终日辛劳。可她依然闲不下来，种田种菜，养鸭养鸡，忙得不亦乐乎。祖母说：“你妈这人，就爱折腾，咱们家能有今天，也亏了她折腾。”语气里满是感激和钦佩。

陪伴是最长情的告白

去看望祖父、祖母。

远远地，就看到他俩并坐在院子的槐树下。祖父手捧着一本书，朗朗有声地读着，或许是眼神不好了，他读得极慢。一旁的祖母挨在他身边，正专注地纳鞋底，针线在她手里娴熟地穿来穿去。有风拂过，院子里花草的枝叶“唰唰”作响，空气里暗香浮动，一派岁月静好。

见我过来，祖父放下手里的书，说：“你陪着祖母聊会儿天，三角梅的架子不太牢固了，我去修理一下。”我应了声好，便坐在祖父的位置上，跟祖母闲闲地唠着家常。很快，我就发现，祖母有些心不在焉。她的视线被祖父的身影牵着，手里的针线不自觉地慢了下来。她缝几针就抬头看看祖父，时不时嘱咐一声：“老头子，当心点。”这时，祖父便会缓缓地回过头，笑意绵绵地答：“放心吧，我种花比种地专业多了。”

小时候的日子贫穷，旁人家的院子里都是见缝插针似的种满了青菜瓜果。油菜、豆角、辣椒、南瓜，一茬接着一茬，用来改善伙食。而祖母的院子里却是一直养着很多花，月季、葵花、茉莉、菊花，还有几株腊梅树。从春开到冬，绵延不绝。

记忆里，家里曾有人提起过要把花圃改为菜园子，却被祖父拦下了。

他说，只要有他在一天，谁都不能动这些花草。想来当时祖父的态度定是异常坚决，才得以让花圃保留下来。我原以为是祖父爱花，毕竟是他买花种子，他搭花架，他松土浇水，他侍弄花草，像祖母绣花般耐心细致。

后来听祖母讲起往事，我才知道，爱花的人是祖母。祖父母的婚姻是父母之命，媒妁之言，没有邂逅的浪漫，没有一见钟情的心动。祖父爱读书，性格木讷，祖母做好了将就着过一生的准备。但不承想，祖父虽木讷，却对她极好。祖母说喜欢花，祖父便不顾家人反对，执意将院子里的菜园垦成了花圃。就这样，一个五大三粗的男人愣是摸索着把种花养草的活做到了极致，为祖母打理出了一方明媚，岁岁年年。

祖母手里的针线又停了下来，我顺着她的目光看过去，祖父恰巧也望向祖母。他站在花间微微扬起嘴角，脸上的皱纹比那些花儿还灿烂。祖父叮嘱着："老婆子，你跟秋丫头说会儿话吧，老盯着针眼看，眼睛哪受得了。"祖母笑："纳了一辈子的鞋底了，闭着眼睛都不会出错，不费眼睛的。"

祖母的确是纳了一辈子鞋底，给子女做鞋，给儿孙做鞋，都是她亲力亲为。当然，做的最多的是祖父的鞋子。祖父年轻时挑土挖地，干的都是粗活，自然很费鞋子。因此，祖母常常是白天干活，晚上抽了空给他缝制鞋子。如今我们都长大了，鞋子都是从商场里买的最时髦的款式，唯有祖父依旧穿着祖母做的鞋子，他说，买来的鞋子都是中看不中穿，没有祖母做的舒适。现在，年逾九十的祖父逢人就夸赞自己的鞋子，一脸骄傲，像孩子般幸福。

手机响了一下，我打开一看，是关于七夕的消息。这个极具浪漫色彩的传统节日，很受年轻人的青睐，纷纷争相表白示爱，恨不得所有的情话都在这一天说完。

祖父母这一辈子从未说过我爱你之类的情话，他们不说爱，却在漫长的岁月里陪伴着，亲密着，就像阳光照耀大地，春风拂过万物，安安静静地洇染出时光里的眉眼盈盈，倾世温暖。

称呼里的疼爱

午间的时候，忽然接到了母亲打来的视频电话。电话那头的她正站在我家菜园里，举着手机不停地转，最后画面定格在一排嫩绿的小葱上，她很是兴奋："乖乖，你看，咱家的小葱长得多喜人，这个周末，你带孩子回家，妈给你们烙葱油饼吃，好不好，乖乖？"我当时正在办公室跟同事小李聊得不亦乐乎，便心不在焉地应着："嗯嗯，有空我会回去的。"挂了电话，发现坐在对面的小李已红了眼眶。她抹了抹眼睛，说："姐，我真羡慕你啊，还有人唤你乖乖，我母亲在世时，也是这样唤我……"她没有说完，便哽咽不已。小李的母亲在上个月去世了，从此再没人怜爱地唤她一声乖乖。

刹那间，我思绪万千。原来，那些我不以为然的称呼里，藏着的都是爱我的人给予的疼爱。

周末，我一大早便带孩子回了家。远远地就看见父亲在胡同口等我们，一脸期盼。车子还未停稳，他就迎了上来，赶紧接过我手里的手提袋，问道："闺女，早饿了吧，你妈正烙你最爱吃的葱油饼呢。"我的父亲，素来不善言辞，不会把爱挂在嘴边，更不会像母亲一样，语调轻柔地唤我乖乖，他只会中规中矩地叫我闺女。

厨房里，“叮叮当当”。母亲系着碎花围裙在切葱，听到我的动静，她停下手里的活，看向我，眼睛笑眯成一条线：“乖乖呀，你先坐下歇会儿，葱油饼一会儿就好了。”母亲将小葱细细切碎，放在大碗里，放了盐和花生油调匀。父亲在一旁擀饼坯，擀面杖在他手里灵活地旋转着。我很是意外，父亲常年跟土地打交道，这些年来，一日三餐都是母亲操持，他根本不会。

我的疑惑还未说出口，父亲就乐呵呵地解释：“擀饼坯很好学的，我一学就会。”母亲在一旁打趣他：“净吹牛，你学这个可是浪费了咱们大半袋子的面粉呢。”父亲憨憨地笑着，说：“你这人，怎么还在闺女跟前揭我的短呢。”我起火热锅，母亲将调好的葱花碎洒在擀好的饼坯上，卷成长条状，由父亲再擀一遍后放入锅里。锅里“嗞嗞”地响着，葱油饼散发着诱人的香味。

儿子时不时地跑进厨房，眼馋着锅里的葱油饼，忍不住问：“妈妈，什么时候可以吃呢。”我捏了捏他的小鼻子，答：“快了，小馋猫。”母亲见状，笑着说：“乖乖呀，你小时候也是这么急嘴呢。”儿子倚在我身边问：“妈妈，你是外婆的乖乖，我是你的乖乖吗？”我笑：“你当然是我的乖乖呀。”儿子又问：“那你会像外公外婆疼你一样的疼我吗？”我答：“当然会的，天下的父母都是疼孩子的。”

儿子听完我的话，满足地跑开了。我跟父母继续聊着家常，聊到我的外公外婆，我的祖父祖母，聊着他们是怎样称呼自己的子女。可如今他们都不在了，我的父母也如小李一样，再没有人会唤他们一声饱含宠溺的称呼：乖乖、闺女、小馋猫……

我鼻子发酸，自己还有多少机会被父母捧在手心里，被怜爱地唤着乖乖。我没有办法让岁月慢下来，也没有能力抵御父母的衰老，唯有多找机会回家，让他们承欢膝下。

披着星光而来的爱

晚上，我正在写稿子，忽然接到母亲打来的电话，她在电话里很焦急地问：“丫头，你这会儿能不能回家一趟，你外婆又犯迷糊了，非闹腾着要去镇上的中学看你，谁都拦不住。”听完母亲的话，我忙挂了电话，驱车前往。

外婆三年前得了阿尔茨海默病，时而清醒，时而迷糊。如今随着岁数增加，病情愈加严重，以至于她绝大部分的时候都是不清醒的。她不认得亲戚邻居，不认得自己的儿女，甚至连我这个宝贝孙女，她也认不出了。

我住的地方离老家不算远，开车也就半个小时的路程。车子在苍茫的夜色里行驶着，两旁的树木田野像倒放的电影画面，飞快地往后倒退去，唯有漫天的星子伴我同行。

远远地就看到两个人影在胡同口拉扯着，近了才发现是母亲和外婆。母亲看到我，如释重负地说：“你回来就好了。”转头，她又跟外婆说：“秋丫头回来了，咱们回家吧。”外婆借着月色打量着我，眼神迷茫，然后摇了摇头说：“这不是秋丫头，我的秋丫头才十四岁，个头又瘦又小，她打电话说想家了，想吃我包的饺子，我得赶紧给她送去。”她越说越激动，声音里带着哭腔。

我的心像被什么撞击了一下，突突地疼着，忙俯在她耳旁说："外婆包的饺子真好吃，有星星藏在里面。"话音刚落，外婆便安静了下来。她再次打量着我，混沌的眼神里渐渐泛起光亮，转而像个孩子似的欢呼起来："秋丫头，是我的乖乖回来了，你看，外婆给你包了饺子。"说着，她扬了扬手里的瓦罐，眉眼笑成花。

夏天的夜晚，漫天的星光倾泻而出，洒落在天地间，映在每个人的眼眸中，波光粼粼。思绪在那一刻被拉回了从前，多年前的往事在我脑海里闪现出来。

十四岁那年，我在镇上读寄宿中学。第一次出门在外，我想家想得难受。傍晚时分，一个人跑到门卫处给家里打电话，外婆刚接起电话，我就哇地一声哭了起来："外婆，我想家了，我想吃您包的饺子。"外婆在电话里不停地安慰我："乖乖不哭，我明天起早就去看你，乖乖最听话了。"挂了电话，外婆发了一会儿呆，就开始和面，包饺子，煮饺子，终于在暮色低垂时，抱着一瓦罐的饺子匆匆上路了。

那时候，村里还没有通公交车。父母在外务工，外婆又不会骑车，她就那样抱着瓦罐，颠着小脚吃力地走着。走过崎岖的泥路，跨过破旧的小桥，细碎的脚印比天上的星星还要多。我不知道这二十多里的路程，外婆中间有没有停下脚步喘口气，大抵是没有的吧，她心里牵挂着宝贝孙女，怀里捧着孙女爱吃的饺子，怎舍得休息片刻呢。

晚自习的时候，老师说家里来人找我，我刚出教室就看到了门口的外婆。她站在星光里，头发上粘着野草，额头上的汗水簌簌而下，漫过一道道皱纹，鞋上、裤脚上满是泥泞。看到这般模样的外婆，我的眼泪不争气地掉落下来。外婆边给我擦泪边哄我："乖乖不哭，你看外婆带了你爱吃的饺子，吃了就不想家了。"我问外婆这一路累不累，她揉着我脑袋轻声说："不累，外婆呀披着星光来的，脚步轻巧得很。"那会儿的我还不明白，要怎样披着星光行走才会不累，只记得那天的饺子是真香啊，带着星星的味道。

我跟母亲搀着外婆往家走，唠唠叨叨说着话。母亲说原本外婆在院子的躺椅上纳凉，不知谁说了句今晚的星光真好呀，她听到后就跟中邪似的站了起来，非要和面包饺子，给我送去，也不知是怎么了。旁人不知道，我却知道。我的外婆呀，她忘了一切，却没有忘记对我的爱。

回到家里，外婆坐在一旁看着我吃那些饺子，满眼宠溺，一如当年的那个夜晚，微风习习，空气轻柔，听得见星光流淌的声音。

瓦罐里的时光

前两天回老家。

刚进院子，就看到洗刷干净的瓦罐在廊檐下一溜儿排开，阳光打在上面隐隐泛着褐色的光芒。

母亲正在院子里晾晒白菜、萝卜。我知道，节气已走到小雪。每到这个时节，瓦罐们就闲不住了，开始肩负起腌制白菜、萝卜、雪里蕻的使命。从外婆到母亲，年年如此。

这些瓦罐是外婆留下来的，母亲宝贝得很。记得有一次，我和弟弟玩闹，你追我赶，一不小心把其中的一个瓦罐撞倒在地上，摔成了几片碎块。母亲顿时急了，一向轻言细语的她，破天荒地呵斥了我们。那是我第一次见母亲发火，也第一次知道这些瓦罐在她心里的重量。母亲摩挲着那个瓦罐，似乎急得有点崩溃了。她不停地喃喃着："这可怎么办呀，这可怎么办呀……"声音里带着哭腔。

年少的我并不明白，不过是个平凡普通的瓦罐，母亲怎么像失去了宝贝般难过呢。不过，打那以后，我们再也不敢对那些瓦罐轻举妄动了。

记忆里，外婆很擅长腌制菜肴。春天的香椿，夏天的黄瓜，秋天的扁豆，一样不落地装进了瓦罐里。等到哪天想吃，外婆便从瓦罐里拿出来，加上姜末、蒜泥、花椒油等佐料，做成不同花样的小菜，端上我们的餐桌，成为一道下饭的佳肴。

当然，瓦罐最忙的时候，是在小雪前后。地里的白菜丰收了，萝卜丰收了，雪里蕻也丰收了。一堆一堆，小山似的堆在院子里。这个时候，外婆很是忙碌，她颠着小脚，进进出出，把这些菜清洗干净，沥干水分，再放到阳光下晒一晒，就开始腌制了。

素来忙碌的母亲，会特意在这天抽出时间来，给外婆打下手，剥葱剥蒜，递盐递糖，不亦乐乎。外婆边腌制边叮嘱："盐不能放太多了，葱要切成小段，萝卜干要反复吸水反复晒，才会香脆好吃有嚼劲……"母亲笑眯眯地偎在外婆身旁撒娇："我才不学呢，我要吃一辈子您腌的菜。"这时，外婆总会嗔怪地说一句："你呀，都当妈的人了，还跟个孩子似的。"

后来，外婆病逝。母亲常常看着这些瓦罐出神。我问她在想什么呢，母亲回过神，淌了满脸的泪，答："再也没人给咱们腌菜吃了。"语气里满是哀伤。我又问她是不是想吃腌菜了。母亲把我揽在怀里，轻轻叹口气说："傻孩子。"

再后来，每到小雪前后，母亲便开始腌制菜肴了。每一道工序都是按照外婆曾经的方式制作。而我，也会在一旁给母亲打下手，听她一遍遍碎碎念："盐不能放太多了，葱要切成小段……"我跟母亲耍赖皮："我才不要学呢，我要吃一辈子您腌的菜。"母亲切菜的手停了下来，她抬头看着那些瓦罐，仿佛被什么绊住了思绪。我剥葱的手也停了下来，有种前世今生的触电感。多年前的场景，一下子晃到眼前来。

我忽然心生感伤，一边跟母亲聊天，一边默默祈祷：岁月啊，你慢慢走，慢慢走，让我好好把握住每一寸与母亲相处的时光。

左手月饼，右手娃

中秋节还离得远远的，母亲的电话就频频而至了。

母亲打电话来，也没什么重要的事。每次都是闲闲地说些话，问我忙不忙，累不累，中秋节放几天假等。但每次在要挂电话前，她都会提一句："中秋节放假，你带着孩子回家吧，咱们这有风俗，出嫁的姑娘要给爹妈送月饼哩！"一开始，我还漫不经心地应着："好好，我要是有空就回家。"但架不住母亲三天两头地给我打电话叮嘱，我就不耐烦了。

这天，又接到母亲的电话，她在电话里很兴奋地说："丫头，妈从山上摘了几个石榴，又大又甜，你跟孩子都爱吃，中秋节早点回家吃啊。"彼时，我因为工作的事，刚被领导批评完，心里正憋着火，便对电话那头的母亲嚷嚷："知道了，中秋节少不了你的月饼。"母亲"呐呐"半天，就"哦"了一声，把电话挂了。

一晃几天过去了。这期间，母亲打来电话的次数明显少了，而且再没提过中秋节老家的风俗，也没提过让我回家的事情。只是叮嘱我，要注意自己的身体，照顾好孩子。我乐得耳根清净，也没细想其中的缘由。

刚吃过晚饭，就接到姐姐打来的电话。刚接通电话，姐姐就说："中秋节，你千万别忘了回家呀，妈天天盼着呢。"我一愣，问："老家的风俗这么重要吗？我要是没时间回去，就把月饼快递回去。”姐姐叹了口气说：“你呀，妈哪里是盼你的月饼，是盼着你带孩子回家呢，风俗不过是个由头罢了，你忘了，咱们小时候每到中秋节，妈都会带着咱们给外婆送月饼。”

被姐姐这么一提醒，我就不禁想起了童年的中秋节。那时候每年的中秋，母亲都会把我和姐姐打扮得漂漂亮亮的，再带着我们去镇上挑选月饼和水果。等一切准备妥当了，母亲就用自行车载着我和姐姐向外婆家出发。到了外婆家，早有一桌子饭菜等着我们了。外婆围在我们母女身旁，看看这个，摸摸那个，笑得合不拢嘴。

犹记得，当时母亲问我和姐姐：“等你们长大成家了，会不会带月饼来看妈妈？”我们争前恐后地答：“会的会的，我们不仅带月饼，还带一堆好吃的呢！”母亲开心地笑着，与我们挨个拉勾约定。

一晃多年过去了，我和姐姐陆续成家。姐姐嫁得近，可以时常来看望母亲。而我却是远嫁，从婆家到娘家有数千里的路程，中间隔着万水千山，隔着大大小小的烦琐事……因此，我回家的次数屈指可数。

母亲知道我忙，体贴我要照顾小家，所以，她从未责怪过我不曾在她身边尽孝。但我想，当母亲看到别人家的儿女，在自己父母身边绕膝喧闹的时候，她一定是极失落的。她会不会一个人站在村口，向我归来的方向眺望呢？她千里之外的孩子，什么时候回来？母亲不敢问，也不敢催促我多回家看看。她怕，怕耽搁了我的工作，怕打扰了我的生活。她就只能盼着，念着，等着。等逢年过节，我可以把时间捻成票根，回到她的身边，小住几日，以慰她的思念之情。

想到这里，我心里酸酸的，遂定好了回家的机票。

姐姐说，当母亲得知我回家的消息后，欢喜得手足无措。她逢人就说：“中秋节，我二闺女要带着孩子回来看我呢。”

我想，当我左手月饼、右手娃地站在母亲面前时，那就是她最幸福的时光了。

中秋节的陪伴

十四岁那年，我在离家几十里外的镇上读寄宿中学。入学后的第一个节日便是中秋，那天下午老师宣布了一个消息：今天是中秋节，学校不上晚自习了，大家下午放学就可以回家。

太好啦——教室里一片欢呼，我看着墙上的钟表，悄悄低下了头。这个时间通往我们村里的班车早没了。我父母在外务工，平时家里只有爷爷奶奶。他们不会骑车，没有办法将我接回去，这个中秋我只能在学校里度过。放学铃声一响，同学们就迫不及待地往外跑，家长们早在学校门口等着了。我磨磨蹭蹭地收拾着书包，心里有些难过。却不知这一幕被班主任孟老师看在了眼里。

落日的余晖染红了天边，天空渐渐暗了下来。往年中秋的这个时候，奶奶已经把小饭桌搬到了院子里的桂花树下。桌上摆着奶奶亲手做的月饼，外表金黄，层层起酥。一家人坐在一起说说笑笑，等待着圆月爬上树梢。不远处的墙角边有秋虫狂欢，“唧唧”，好不热闹。而今，空荡荡的宿舍里只有我一人。学校放假，食堂里也关门了，幸好有中午剩下的饭菜。我捧着饭盒，眼泪不争气地落了下来，“吧嗒吧嗒”落在冰冷的饭盒上。忽然有人敲门，我赶忙抹了把眼泪，打开门一看，孟老师正站在门口，手里拎着用牛皮纸包着的月饼。她笑着说："今天轮到我值班，你陪着我过节吧。"见我不知所措，她晃了晃手里的月饼继续说："学校发的月饼，我一个人可吃不完。"老师的笑容清澈温暖，我欢快地点了点头。

我跟孟老师来到宿舍前的石桌旁，揭开包裹着的牛皮纸，里边是几块什锦月饼。饼皮洇着金黄的油，上面还点缀着红绿相间的青红丝，让人垂涎不已。我们刚要坐下，就看到门卫大爷跑了过来，说是孟老师家里来电话了，让她回个电话。孟老师走后，门卫大爷跟我闲聊着，他说："孟老师真是个怪人，人家过节都匆匆往家赶，她倒好，非要在学校里过节。"我忙替老师解释："今天孟老师值班，所以不能回家。"大爷说："她下个礼拜才值班呢！"我仿佛明白了什么，指着桌上的月饼问："这月饼？"大爷自豪地说："我带她买的，你都不知道，附近几家商店里的月饼都卖空了，得亏我知道镇子边上有家小作坊，我们赶到时也没剩多少了，老板说要留着自家吃，这孟老师跟人家磨了半天，人家才匀了这几块。"听完大爷的话，我心里的感动像烟花般绽开，热泪落在了手背上。

每年中秋，我都会情不自禁地想起孟老师陪伴的那个中秋，晚风微微，月光柔和，月饼的香气把我的心浸得蜜甜。

和老师做朋友

周末在家整理相册，一张泛黄的照片不经意间从册子里掉了出来。人脸朝上，这是我中学毕业时跟孟老师的合影。我们依偎在一起，笑得明媚灿烂。看着这张照片，我有些恍惚，旧日时光扑面而来。

十五岁的时候，我在县城的寄宿中学读书。每当学校放假，同学们都会被家长接回家。只有我，因为父母在外务工而不得不留在学校里。为了打发寂寞，我常常溜出校外玩耍，很快就认识了一群校外少年。他们跟我年纪相仿，却早已辍学混迹于社会。我跟他们做朋友，学着他们的样子抽烟喝酒，并乐在其中。

那天周末，我照例溜出校园跟那些人会合，恰好被孟老师撞见了。她叫了一声我的名字，急匆匆地将我从人群里拉走了。我跟孟老师并排走着，惶恐不安，心里默默盘算着挨批评写检讨。可是，她并没有责骂我，而是极为温柔地问我："家人没有来接你吗？"我还未开口，委屈的泪就成串地往下落。孟老师替我擦去泪水，"我知道你是因为孤单才和那些人做朋友的，但近墨者黑，你这么优秀的孩子应该有个锦绣前程的呀。"我站在那里难过着，不知说什么好。孟老师向前一步，轻轻揽着我的肩膀，"从现在开始，我做你的朋友好不好？"我有些意外，一时愣住了。孟老师看出了我的疑惑，笑盈盈地说，“我的家人也不在身边，咱们是同病相怜，相互陪伴。”我欢喜地点点头，小小的心里落进一抹柔光。

从那以后，我极少一个去校外闲逛，也跟街上的那些人断了联系。每逢学校放假，孟老师都会到宿舍找我。我们一起吃饭，有时候是在孟老师的宿舍做饭，有时候是去校外的小饭馆，但更多的时候是吃孟老师的朋友送来的饭菜，荤素搭配，每一道菜都是我爱吃的。我们一起读书学习。校园的湖边有几株粗壮的楝子树，这是我们村最常见的树，几乎每户人家的院子里都长有一棵。我们常常倚着树看书，闻着熟悉的花香，学校似乎有了家的味道。我们一起去镇上的商店里采购生活用品，孟老师牵着我的手，像邻家的大姐姐，像亲密无间的朋友。看着她亲切的笑容，我那颗“留守少年”的心渐渐温暖起来。

直到中学毕业的典礼上，我才知道其实孟老师的家离学校并不远，走路也就十几分钟。但为了可以陪伴我，她跟学校申请了宿舍，在每个放假的日子住在那里。那些可口的饭菜也不是朋友送来的，而是她特意嘱咐她父母按我的喜好做的……

那一刻，我的心湿润起来，强忍着泪水跑过去跟孟老师合照。孟老师揽着我的肩，说：“来，一二三，咱们一起笑。”我听话地笑着，感觉眼前的阳光都是晶莹剔透的。

后来我去省外求学，去陌生的城市工作，但这张照片始终被我带在身边，陪伴着我，温暖着我。我知道，温暖我的不只是这张照片，更是照片里的人，那个为了跟我做朋友而有家不回的孟老师。

丝瓜绕屋椽

明代文人苏仲在《种蔬》中写：“角豆穿篱石，丝瓜绕屋椽。”丝瓜是乡下常见的植物，也是盛夏里最美的风景。

在我的老家，家家户户都种丝瓜。庭院的矮墙边、篱笆旁、屋檐下……到处都有它们的身影。花开时节，随便一抬眼，就能看到漫天漫地的丝瓜花，如燃烧如井喷，甘畅淋漓地释放着生命的蓬勃。人从旁边经过，仿佛能听到花朵成长绽放的声音，心里就会莫名地涌起欢腾的喜悦。

我外婆喜欢种菜，她把房前屋后都垦成了菜地，种满了瓜瓜豆豆。细长的豇豆、紫红的茄子、滚圆的南瓜……源源不断地供应着家里的餐桌。而外婆种的最多的就是丝瓜了。

清明前后，借着一场雨水，外婆在院落墙角处埋下几粒丝瓜籽，不消三五天就会发芽。又三五天，便会破心出叶，逐渐抽蔓。虽然那些藤蔓，看起来纤细无力，但却有令人震撼的爆发力。它们缠缠绕绕生长，四处攀爬。先是从墙根爬上墙，紧接着，又顺着院墙旁边的树干往上爬，将半空中的树枝占为自己的领地。即使这样，它们也不罢休，又从树枝上，攀到了屋顶上，俯瞰小院，真是没有它到不了的地方。

到了盛夏，别的花渐渐退出了季节的舞台，丝瓜花却一茬接一茬地开了。顷刻间，古朴的小院就成了黄色的海洋。房顶上堆满了黄花，树杈上挤满了黄花，院墙上自是不必说了，更是满眼的黄花澎湃。说起来，单朵的丝瓜花并没有多壮美，甚至看起来有些娇弱，像养在深闺里的女儿家，眉目间尽现懵懂、羞涩和纯洁，我见犹怜。然而，当千朵万朵丝瓜花齐齐绽放的时候，这些小女儿仿佛摇身一变，成了身披戎装的女将军，朵朵奔放，守护着小院的亮丽明媚。每当这时，外婆总会搬个小椅子坐在丝瓜花旁，或眯着眼做针线活，或哼着小曲洗菜摘菜，空气里流淌着幸福的味道。

花谢，结果。藤蔓间露出青绿色的丝瓜了，一个比一个鲜嫩，一个比一个肥美。丝瓜越长越大，渐渐垂了下来，在风里晃荡着，像一群荡秋千的娃娃，欢歌笑语，乐个不停。外婆在一旁守望者，满脸笑意。在外婆的守望里，这些丝瓜大张旗鼓地登上了我家的餐桌。丝瓜炒蛋、番茄丝瓜、肉末丝瓜汤等。无论怎么烹饪，都是一道佳肴。而我最爱吃的是外婆做的海米烧丝瓜。

快到饭点了，外婆先把海米泡上，再颠着小脚跑到院墙边，摘下两三根丝瓜，洗净，切成滚刀块，备用。然后起锅烧油，下葱姜蒜爆炒，待爆炒出香味后，放入丝瓜和海米煸炒个三五分钟，就可以出锅了。那色泽，碧绿晶莹，翡翠似的，既惹眼又惹吃；那味道，鲜香爽滑，总让人吃不够。就着这道菜，我能吃满满一大碗米饭呢。

前两日，回老家。远远望去，外婆的小院依旧是“丝瓜绕屋椽”的景象，处处明媚。刚踏入家门，就听到厨房里“叮叮当当”，空气里弥漫着熟稔的味道。外婆听到我的动静，探出头来，豁着牙已稀落的嘴笑，乖乖回来啦，我做了你爱吃的海米烧丝瓜，快洗把手吃饭。我说了声好，心里绵延出无尽的感动。

人在，花在，时光在，我还要怎样的幸福呢？

灼灼酸枣红

“雍雍鸣雁来，灼灼酸枣红。”秋日渐深的山野里，最美的风景，莫过于那一坡坡的红酸枣了。

酸枣树属于灌木植物，不高大亦不蓊郁，但生命力极强，能在贫瘠的土地上扎根生长，也能在石头的夹缝里开辟出一方天地。春天，它跟着春风的脚步抽枝发芽长叶，嫩绿的叶与其他植物浑然一体，很容易被人忽略。夏天，它按部就班地开花，细细碎碎的小花挤在枝头，颜色极淡，在众多绚丽的夏花里，实在不足一提，自然也不会引起人们的留意。但，一到秋天，它就了不得了，纤细的枝条上缀满了饱满油亮的小酸枣，一嘟噜橙红，一嘟噜紫红，像玛瑙般散发着诱人的光泽，直惹得路过的人，赞叹不已——它真是不鸣则已，一鸣惊人啊！

我老家的后山，就有成片成片的酸枣树。幼年时，每到酸枣成熟的时节，就成了我们孩子的乐园。放学后，谁都不急着回家吃饭，而是三五成群去后山上摘酸枣。男孩子胆儿大，到了山坡就把书包往地上一扔，“蹭蹭”几下就攀缘到半山腰，像猴子一样灵活，在酸枣丛里窜来窜去，摘下一把酸枣，悠哉悠哉地吃了起来。女孩子胆儿小，不敢去半山腰，就猫着腰在草丛里捡拾落下来的酸枣，这种酸枣已经发软了，无论是酸度还是甜度，都不如刚摘下来的爽口，但我们却依旧吃得很过瘾。

酸枣树刺多，且那些刺又很锋利。因此，衣服被刮破是常事，手被扎破也是常事。可即便如此，也没有阻挡我们摘酸枣的热情。毕竟，没人能抵挡它红艳艳的诱惑，也没人能抵挡住它酸酸甜甜的诱惑。不能抵挡酸枣诱惑的何止我们孩子，大人们也是。不信你看，每个从山上收工回家的大人，他们的衣兜都是满满当当的。在村里遇到人的时候，就颇为豪气地掏出一把酸枣，递过去："尝尝，我刚摘回来的，可口着呢。"那人也不见外，拿起来津津有味地吃着。

今年入秋以来，早市上多了卖酸枣的农妇。她们守着一盆一盆的酸枣，不像其他商贩般扯着嗓子吆喝，而是微笑着看着过往的行人。其实，她们也不用吆喝，那一盆盆的酸枣红，在青绿色的瓜果蔬菜里格外惹眼。不少路过的人，都被这圆溜溜的红果子牵住了视线，纷纷停下脚步，围在摊位前，询问着价格。卖酸枣的妇人淳朴地笑着，答："不贵不贵，山上摘的野果，一块钱一碗，不图挣钱，图个乐呵。"说着，她抓起一把，递给大家品尝。尝了酸枣的人，都会欢欢喜喜地掏出几枚硬币，买上几碗。这一刻，卖酸枣的，买酸枣的，都陶醉在这沸沸扬扬的红里。

我上街时，若遇上卖酸枣的，定然会买上一些。在萧瑟的秋日里，握着一把"灼灼酸枣红"，心也会跟着温暖明艳起来了。闭上眼，轻嗅，风里都是故乡的味道和童年的气息。

唯有亲情最合身

这天，父亲打来电话，像往常一样叮嘱我说："这几天有倒春寒，注意增减衣物，别着了凉。"我答应着："好。"随后，他又支支吾吾地说："要是有空的话，这两日能不能抽空回趟家，一起吃个饭。"我看了一下日历，才恍然大悟，原来父亲的生日马上到了。

挂了电话我跟丈夫商量了一下，准备提前一天带着孩子回老家，陪父亲过生日。丈夫点头说好，并提醒我，别忘了提前准备生日礼物。我信誓旦旦地跟他保证，说："礼物的事你就放心吧，我亲自去选。"

谁知，那天公司临时开会，我忙得焦头烂额。一交待完手头的工作，便接上孩子往老家赶。车进了村子，我才记起生日礼物还没有买。怎么办，我急得像热锅上的蚂蚁。情急之下，丈夫拿出一件衬衫说："这是我们单位新发的工装，不如先应付一下？"我看了看肥大的衬衫，再想了想瘦小单薄的父亲，很明显，这件衬衫穿在父亲身上肯定不合适，可空着手回来更不合适。无奈之下，我只得硬着头皮点了点头。

远远地，就看到父亲站在胡同口张望着。看到我们，他笑得合不拢嘴，说："你们都回来了，真好真好，我和你妈早就准备好了饭菜，就等你们开饭呢。"

进了屋子，我掏出那件衬衫递给父亲，极不自然地说：“爸，我们来得匆忙，没来得及给您买礼物，就把单位发的衬衫给您带来了，不知道您穿上合不合身？”父亲看到衬衫大喜过望，衣服还没上身，就雀跃地说：“合身，肯定合身。”他边说边穿在了身上，有条不紊地系着纽扣。

可那件衬衣太肥大了，父亲穿在身上，仿佛裹了个唱戏的袍子，看起来很是滑稽。我懊恼自己的疏忽，内疚地告诉父亲：“号码大了些，明天我带您进城，挑件合适的尺码。”谁知父亲想都没想就说：“合身，挺好的，我特别喜欢这件衬衫。”他一边说着，一边走到穿衣镜前，很认真地理顺衣衫，又抚了抚衣领，左看看右看看，一脸满足。

随后，父亲将手机递给我，说：“闺女，快给爸拍张照片，我发个朋友圈，给那些老哥们显摆一下。”母亲笑着打趣他：“你呀，今天怎么高兴得跟个孩子一样。”父亲说：“闺女回来给我过生日了，我当然得高兴呀。”我给父亲拍了照片，照片上的父亲笑脸如花。他兴奋地将照片发在了朋友圈，配文是：孩子送的生日礼物，合身更合心。

在欢声笑语中，我们打开了生日蛋糕盒的上盖，插上蜡烛，为父亲送上最真挚的祝福。

看着饭桌上喜气洋洋地父亲，我忽然明白了，不合身的是衣服，合身的是亲情。我暗自下定决心，明天，一定送给父亲一件既合身又合心的衣服。

被需要的幸福

早晨上班，看见同事小雅提着一袋子香椿芽，鲜嫩油亮。我问："早市上买的？"她摇摇头，喜滋滋地告诉我，昨晚她回老家了，这是她老父亲早起从树上割下的，可新鲜了。

小雅的老家离县城并不近，开车回去也得一个小时的路程。但每次她家菜园子里的瓜果蔬菜下来的时候，她都会抽时间回家，去吃父亲种的菜，再顺便带一些回来。我曾问她："那些菜市场里都有卖的，何必回家去拿呢，既费油钱又费时间的。"小雅总是笑笑说："你不懂，这对我父亲来说是一种幸福。"我心想：这怎么能算幸福呢，小雅要抽时间往家赶，她父亲要费心费力地种菜，做菜，对彼此来说，都很辛苦呀。

我确实不懂这种幸福，直到那天遇见了我家楼下的李阿姨。

这天下楼，见李阿姨正蹲一楼的小院里侍弄着她的那些盆盆罐罐。那里面长着许多青菜，韭菜、蒜苗、茄子、辣椒……简直就是个迷你的小菜园子。我跟她打声招呼，问："李阿姨，咱们这买菜这么方便，您怎么还自己种菜呢？"李阿姨指着那些菜答："孩子们喜欢吃我种的菜，这都是给他们备着的。我这个岁数，帮不了孩子什么了，能种点他们喜欢吃的菜，我就觉得特别高兴。"刹那间顿悟了，那些盆子里生长着的不仅仅是菜，更是一位母亲被需要的幸福。小雅每次赶回家拿菜，也是在成全一位父亲的幸福呀。

忽而想起，我每次从老家回城的时候，父母都会给我带上好多东西的。这个袋子里是新刨的土豆，那个筐子里是积攒的鸡蛋……大包小包地塞了满满一后备箱。我总是不耐烦地告诉他们："不要给我带这些东西，我又不是买不到，再说，带这么多，吃不完都坏了。"母亲每次都好脾气地解释着："这些都是我跟你爸挑选出来的，都是好的，吃不完可以送人嘛，出门在外，你多送人家些东西，人家也能照顾你几分……"

我从未在意过父母的感受，一次次的拒绝，一次次的不耐烦，他们心里该有多难过啊！想到这里，我很是内疚，赶紧掏出手机给他们打了电话。电话是母亲接的，我说："妈，我喜欢吃您种的水萝卜，又甜又脆，您有空再种点。"母亲十分惊喜，连连应着："好好，一会儿就让你爸买萝卜种子去。"我又说："我还想吃爸炸的豆腐丸子。"刚说完，就听见母亲扯着嗓子喊："闺女过两天回来，她想吃你炸的豆腐丸子。"电话里传来父亲的声音，语调格外欢喜，他说："闺女喜欢，我就多炸些，给她带着。"

忽而有泪想落，天底下的父母啊，没有不想为儿女做点什么的，哪怕是给孩子做一顿可口的饭菜，他们都会有欢天喜地的快乐。曾经，我以为给父母买好吃的好喝的，他们就会幸福，现在才明白，对父母来说，被孩子需要才是最好的幸福。

二八自行车里的爱

月初的时候，老家翻盖屋子。我在厢房里发现了父亲的二八自行车，锈迹斑斑，想着它再也派不上用场了，便推着自行车扔进了废弃物里，打算将它处理掉。

谁知刚一转身，竟发现父亲蹲在那堆废弃物品里，目光凝在二八自行车身上，仿佛被什么绊住了思绪。我唤了一声：“爸，想什么呢，这么出神？”父亲恍然惊醒过来，抚摸着那辆自行车的车身，眼里满是不舍，说：“这辆自行车就留下吧。”我笑笑，告诉他现在家里有电动车、摩托车、汽车，它早没了用武之地，留着还占地方。可父亲依然念叨着：“留下吧，留着吧，占不了多少地方的。”

看着父亲满是褶皱的脸上带着从未有过的固执，我只得答应。父亲见我松了口，立即呵呵地笑起来。他忙不迭地将二八自行车挪到院子的槐树下，打来一盆水，欢天喜地地擦拭起来。我实在难以理解父亲的固执，现在家里的车随便哪一辆都比那辆二八自行车方便多了，他为什么非要留着这个老物件。看着我不明所以的样子，父亲叹了口气，给我讲起了自行车的故事。

那时父亲在城里上班，县城离我们村子有二十几里地。爷爷心疼他每天走一个多小时的路去上班，便凑钱买了这辆自行车。说是凑钱，实际上是爷爷的血汗钱。爷爷没日没夜地奔波，到处打零工。他还去砖厂拉砖坯，为了多挣几分钱，他比旁人要多拉几趟，地排车上的盘绳将他的肩膀上勒出一道道血痕。父亲在自己肩头比画着：“那勒痕又深又密，黑紫黑紫的，夜里，你爷爷累得睡不着觉，低声哼哼着。”父亲说着说着，渐渐红了眼眶。

后来，父亲跟母亲结了婚，有了我。可我是个难养的孩子，常生病。有一次我高烧昏迷，不省人事，村里的郎中说没治了，让准备后事。父亲哪肯放弃，他骑着自行车，载着我和母亲往城里的医院赶去。那天夜里，天黑得透不过气，走到半路又下起了雨。父亲便将衣服脱下来给我包裹好，光着膀子，顶着风雨蹬着自行车。到了医院，父母身上都是泥水，我却安然无恙。医生说再晚来会儿，只怕……父亲没有说完后面的话，他摩挲着自行车的车身，重复着说：“多亏了这个老伙计。”

我的心，震了一下。

父亲娓娓道来的都是昔日零落的往事，他沉醉在那些旧时光里：父亲载着母亲去登记结婚，坐在后座上的母亲一脸欢喜，对未来充满憧憬，现在他们风风雨雨走过了几十年了；幼年时，我坐在自行车上去幼儿园，在路上跟父亲讲着幼儿园的趣事，如今的我也已经工作了。父亲说，这辆二八自行车陪了他几十年了，是爷爷留给他唯一的物件。虽然它现在没有什么用处了，可是看着它，就会莫名的安心。

我终于明白了父亲执意留下这辆旧车的缘由，在父亲心中它不仅仅是一个物件，还是一份爱的延续和传递，从爷爷到父亲，从父亲到我。我喉头哽咽，不知说什么好，便拿起抹布跟着父亲一起擦拭自行车，并找来工具将它修理了一番，重新固定了前后泥瓦，调了调半哑的铃铛，又给车链条上了油。很快，自行车焕然一新，父亲背着手围着自行车转悠着，眯着眼睛笑了起来，像个孩童般幸福。

父亲的学车梦

父亲坐在客厅的沙发上，他的面前是一份驾校的收费单据和机动车驾驶员培训学员登记表，上面详细打印着父亲的个人信息。没错，他要学开车。父亲今年刚刚过完六十八岁的生日，这么大年纪去学车，怎么能让人放心？

我们姐弟几个坐在父亲对面，为了他的安全考虑，开始循循善诱。这个说您都这么大岁数了，思维反应相对较慢，现在马路上车多人多，万一发生一些差错，可怎么办？那个说，现在打车方便，想去哪里就叫出租车，儿女出钱。父亲始终不听劝，倔强得像个叛逆期的男孩子，反反复复就一句话："我就要学开车。"眼看软的不行，就只能来硬的。我简单粗暴地没收了他的身份证，并斩钉截铁地说："没有身份证不能刷课时，您就断了学车的念头吧。"父亲一听腾地站了起来，怒气冲冲地把自己关进了卧室。母亲在一旁欲言又止，最终只轻轻叹息了几声。

本以为父亲闹闹小脾气，过几天就把这件事儿忘了。谁知母亲打来电话，说这几天父亲情绪不太好，不吃饭，不说话，整日垂头丧气的。我们姐弟几个又急匆匆地赶回了家。到家的时候，父亲正蹲在院子里抽烟，目光无力，如同一只被束缚的鹰，落寞得让人心疼。我有些懊恼自己那天的简单粗暴，赶紧给父亲沏了一杯茶，心平气和地问：“爸，您学车到底是心血来潮还是有其他原因？”父亲抽了口烟，答：“我想买辆车，带你妈四处逛逛，她大半辈子只圈在这一亩三分地里，连县城都没去过几次。”我跟父亲说，他跟母亲想去哪游玩，我们姐弟可以抽时间送他们，不一定要自己开车的。父亲摇摇头，说：“你们都忙，既要拼事业又要顾孩子，哪有那么多空闲，况且开车带你妈出去游玩是我多年的梦想，以前条件不允许，现在我们终于有自己的时间了……”

听了父亲的话，我百感交集。那些年祖父母久病缠身，每年吃药看病都是一笔不小的开销，何况还要养育几个儿女，因此他们最好的时光都耗费在了养家糊口上。细想下来，父母走过的岁月贫寒困苦，哪有精力考虑自己的梦想。作为子女，我们心安理得地享受着他们的付出，从未想过父母也是有梦想的。见我没说话，母亲在一旁小心翼翼地答了腔：“丫头，让你爸去学吧，再过两年，你爸就过了学车的年纪，这个梦想就再也没有机会实现了，你放心，我天天坐在车里监督他，不会有差错的。”是呀，再过两年父亲就七十周岁了，这是他仅有的余光，再不学真的没机会了。

犹记得，无论我们有什么梦想，父亲都从未阻拦过半分，而是大力支持着，从精神到物质，尽心尽力。如今，也该换我们来成全他的梦想了。

于是，我们不再阻拦父亲去学开车，而是跟他热切地谈论起了交通规则。不承想，从未开过车的父亲竟对这些理论知识如数家珍，滔滔不绝。见我诧异，父亲不好意思地解释着，他早已跟别人借了《驾考宝典》，里面的知识都背得滚瓜烂熟了。

接下来的日子，父亲按时去驾校学开车，风雨无阻。他的精神状态仿佛一下子又回到了青年时期，激情满满地奔向梦想。我们姐弟几个私下商议，等父亲拿了驾照一定要送他一辆汽车作为礼物，为他的梦想锦上添花。

留点家务给母亲

吃过饭，我正在厨房收拾着。这时，母亲走进来了，她挽了衣袖欲要帮忙。我忙拦住她说：“妈，您去歇着吧，也没多少活儿。”母亲张了张嘴，想要说什么，但看我麻利地洗锅刷碗，终究什么也没说，转身出去了。

收拾完家务，刚出厨房就发现母亲坐在阳台上，向外张望着，神情很是落寞。我走到她身后，听到她微微叹息着一声，自言自语道：“唉！越老越不中用，什么忙都帮不上，只能吃闲饭了。”我心头一紧，母亲怎么会这么想呢？我从未嫌弃过她呀！

母亲在乡下生活了大半辈子。从嫁给父亲开始，她就挑起了家庭的担子。从洗衣做饭到种地放羊；从养育子女到侍奉公婆，一直尽心尽力，从未有过半分抱怨。如今，母亲岁数大了，我便把她接到了城里养老。为了能让她享清福，我和丈夫承担了所有的家务，什么活都不让她动手。赶上休假的时候，还经常带她出去游玩。但母亲却一直郁郁寡欢，觉得自己是我的负担。

那天在办公室里，我无意间提起了这件事。同事李姐一听，说：“我有个秘诀能让你母亲快乐起来，那就是留点儿家务活给她。”见我一脸疑惑，李姐拍着胸脯保证说：“你就按我说的去试试，一准儿管用。”

回到家里，母亲坐在沙发上等我。见我回来，她忙起身，一脸谦卑地说：“丫头啊，你看你上班累了一天了，回到家里还得给我做饭吃，妈给你添麻烦了啊。”我本想安慰她说，有什么好麻烦的，你就安安心心地享福就行了。但一想到李姐说的办法，我又将这话咽了下去，跟母亲撒娇说：“妈，今天您做饭吧，我想吃您做的红烧茄子了。”母亲愣了一下，有些意外地看着我，问：“今天我做饭？”我答：“对呀，一提起红烧茄子，我现在就馋了。”得到确认后，母亲雀跃起来，忙不迭地答应着，好好，妈这就去做。

很快，母亲就做了一桌子的饭菜，有我爱吃的红烧茄子，孩子爱吃的糖醋排骨，还有丈夫爱吃的青椒鸡蛋。我们围着餐桌大快朵颐，母亲在一旁看着，格外欢喜，仿佛中了大奖一般。饭后，我没有像往常一样抢着收拾碗筷，而是跟母亲说，自己要赶个方案，洗锅刷碗的活，就拜托她啦。母亲迫不及待地答应着，生怕我会反悔。这一刻，我终于领会了李姐说的秘诀。

从此，我们就常常会给母亲留点家务，比如我“没空”拖地，比如丈夫“不会”叠衣服，比如孩子“忘记”整理书包……因为这些零零碎碎的家务活，母亲越发忙碌起来了，也越发开心起来了，经常是一边干活一边哼着歌。

想来，对于每一位母亲来说，晚年最大的幸福，不是所谓的“享清福”，也不是各种花样的礼物，而是她的子女还需要她，需要她的付出，需要她的帮助，这是她余生存在的价值和意义。哪怕是刷一只碗，剥一棵葱，都会让她觉得自己并不是老得不中用了。

乡愁盈满怀

清晨，天还未亮，我便被“咕咕咕咕，咕咕咕咕……”的啼叫声惊醒。不用想，这定是布谷鸟的声音。在我的老家，布谷鸟又叫保谷鸟。每到麦收时节，它就叫得格外欢实，一声接着一声，洪亮急促的啼叫声从远处的田野传来，在村子的上空回荡着。“咕咕”声里，祖母一次次念叨，保谷保谷，割麦种谷，这是保谷鸟提醒咱们该割麦子了。

此时的我睡意全无，翻开手机看了下日历，这个时节，老家的麦子该收割了吧。想到这里，一抹忧伤的情愫在心底悄然蔓延，我知道它的名字叫乡愁。

杜甫的乡愁是一轮明月，“露从今夜白，月是故乡明”；王维的乡愁是一株梅花，“来日绮窗前，寒梅著花未”；张籍的乡愁是一封家书，“洛阳城里见秋风，欲作家书意万重”；那我的乡愁，是什么呢?

我的乡愁，是六月的麦收。父亲常说，春争日，夏争时，庄稼宜早不宜迟，得赶紧把成熟的麦子收了，才不耽误种下一茬庄稼。那时候，没有先进的联合收割机，收割麦子全靠人力。天气晴好的天，一家大小全出动。大人们在前面舞着镰刀割麦子，我们孩子则负责跟在后面捡麦穗，累并快乐着。此时田间地头都是抢麦收的人，场景甚是热闹喜庆。

割好的麦子被打成捆，用地排车拉到晾晒场，孩子们在里面玩捉迷藏，比赛爬麦垛，肆无忌惮地玩耍。那是我曾经的游乐园，也是如今回不去的年少时光。

我的乡愁，是祖母的菜园。祖母喜种菜，不大的菜园子被她打理得井井有条。六月的菜园，瓜果蔬菜最为丰盈。深绿的辣椒缀满了枝丫，细长的豆角结得到处都是，圆圆的茄子泛着油光，成片的韭菜碧绿蓬勃……随便哪样都能烩出一道美食啊。最惹孩子眼的是那一架顶花的小黄瓜，伸手摘下一根，赶忙在衣服上蹭几下，就放进嘴里，清脆鲜嫩。成年后，我辗转各地工作，吃过各式各样的黄瓜，白黄瓜、青黄瓜、水果黄瓜、温室黄瓜，任是哪一种都不如祖母种的鲜嫩可口。是那些黄瓜不好吗？不，是我的味蕾贪恋着故乡的味道。

我的乡愁，是村外小河。那条小河极浅，也就到孩子的膝盖。每到六月天，这条河就变得格外清澈，能看到水下的鹅卵石及游动的鱼虾。我们在河水里赤脚飞奔，溅起一团团水花，惊得鱼虾四处逃窜。这个时候，我们趁机抄起自制的渔网，迎着鱼虾捕去，很顺利地就能逮到它们。小河的两旁长着几棵石榴树，六月天里正是嫣红一片。玩累了，我们就躺在树下乘凉，任那些重重叠叠的花影在我们身上摇曳生姿。也有爱美的女孩子摘几朵石榴花别在发间，人花相映，各自明媚。如今，下河捉鱼虾的人长大了，爱戴石榴花的女孩子也长大了。他们同我一样，像随风飘远的蒲公英，在另一片土地上安家置业。

天亮了，我推开窗户望向故乡的方向，扑面而来的风里似乎裹挟着故乡的气息。有麦浪翻滚的炽热，有瓜果梨桃的清甜，有淙淙河水的声响，有花事嫣红的盛景。我知道，故乡离我很远，隔青山千仞，白云万顷；我知道，故乡离我很近，它就在我的心头，萦绕不止，沉淀成甜蜜且忧伤的眷恋。

我的乡愁在六月盈满怀，却又不止六月。

心灵絮语

让阳光在心底盛开

楼下的小院里种了几棵葵花，金黄色的花盘翘首向着太阳凝视，活泼热情。儿子每每从一旁走过，都会忍不住欢呼："妈妈快看，葵花在跟太阳微笑呢。"我笑："是的，它是向着阳光生长的花。"

恍惚间，我眼前晃过一排排葵花，在老家的小院里很灿烂地笑着，那是祖母种的葵花。打我记事起，祖母就爱种葵花。每年开春，她在院子的小菜园里种油菜、辣椒、茄子。种南瓜、丝瓜、黄瓜，小小的园子看上去属实拥挤。可无论菜园子里怎么紧凑，她都能给葵花留出一席之地，点上几排葵花籽。那会儿日子清寒，家家户户都会种些瓜果青菜来贴补生活，甚少有人种葵花，总觉得它是中看不中用的东西，故而旁人对祖母的做法很不理解，但这并不妨碍祖母对葵花的热爱。

我们孩子倒是比大人们喜欢葵花，因为它结出的葵花籽是当时最好的零食。葵花籽刚刚成熟，我们就等不及了，偷偷背着祖母抠下几粒，剥去外壳，塞进嘴里，阳光的香甜和泥土的清鲜在嘴里蔓延开来，很是享受。

这几日，天阴着，一连几天都看不到太阳的影子，儿子惦念着楼下的葵花，很担忧地问我："妈妈，没有太阳，向日葵怎么生长呢？"印象里，幼年的我也问过祖母这样的话。

当时祖母正坐在院子里纳鞋底，一旁的葵花正大朵大朵地绽放，鲜艳金黄。即使是在阴霾的天空下，依旧透着一派明媚。祖母停下手里的针线，抬头注视着那些葵花，自言自语般答道：“在没有太阳的日子里，葵花就让心底的阳光盛开。”我跑到葵花前，上下打量着它，它心里的阳光藏在哪呢，是宽广的叶子里，还是硕大的花盘里，又或是挺拔的茎秆里？祖母笑着：“它自己知道的。”

我不知道葵花的心里有没有藏阳光，但我知道祖母的心里肯定藏着阳光。不然，她是怎么熬过那些艰难日子的呢？祖父去世早，公婆年迈无法仰仗，孩子年幼不能分担，生活的重担便压在了祖母的肩头。在那个吃不饱穿不暖的年代，她用一己之力扛起了风雨。这其中究竟吃了多少苦头，摔过多少跟头，受过多少惊惶，任谁想想都会不寒而栗。可祖母硬是咬紧牙关撑了下来，熬出一片艳阳天。

有一年的夏天，狂风暴雨肆虐，菜园子里的瓜菜都被摧残得不成样子了。辣椒、茄子、西红柿的枝杈几乎全被折断，未成熟的果实掉落一地；丝瓜、黄瓜、南瓜这些藤蔓植物更是惨不忍睹，别说果实了，连花叶都被打落在地上，顺着雨水冲走了，只留下几根细弱的藤蔓在风雨里摇摆。此时，唯有葵花依旧保持着站立的模样，在风雨里昂首挺胸，坚韧地与之抗衡，奋力地把头颅昂得高一点，再高一点，像百折不挠的战士。这时，祖母脸上的线条不再柔和，而是透着莫名的坚毅。她看葵花时，眼角眉梢都是惺惺相惜之情，仿佛那不是一棵植物，而是知己好友。

如今，祖母老了，老得再也没有力气侍弄小菜园，却依旧种葵花。大片大片的葵花长满了小院，大片大片的金黄在盛夏里昂扬。祖母守着它们，守着心底的那片阳光。

种花种草种生活

刚搬了新家，我打算去花草市场买几盆花装点一下阳台。一进市场，就满眼姹紫嫣红。清新淡雅的茉莉、金黄娇俏的米兰，还有正开得轰轰烈烈的绣球花，艳丽明媚。不过，吸引我的不仅是这些姹紫嫣红的花朵，更是装它们的花盆。玻璃的、瓷器的、塑料的，每一个都像高端精致的艺术品。我忽而就想到母亲的花草和她的花盆。

母亲一辈子没别的爱好，就喜欢侍弄花草。在记忆里，我们家院子里的花朵总是开不败的，有红有黄，有紫有白，映得小院明媚动人。

母亲种花草，不拘于花的品类。有名贵的兰花，也有平凡的太阳花，有高雅的水仙，也有俗气的月季，甚至连乡野里常见的蒲公英都被请进了花盆，成了花草世界里的一员。故而，母亲的花盆，亦不拘于材质形状，确切地说，她的花盆千奇百怪，有破损的陶罐，废弃的搪瓷缸，也有残缺的罐头瓶子，磕坏的海碗，一排一排摆在小院的窗台上，热热闹闹。

年少时，我很困惑地问母亲，为什么要种这些俗气且平常的花草，而不全是名花贵草呢，为什么要用这些罐罐而不是统一形状的花盆呢？她意味深长地回答："这是一种心境，种花种草种生活。"那时的我并不能明白这句话的含义，直到多年后，我参加了工作，经历了各种辛酸和拼搏后，才解开了这个困惑。

那年，我在一家很不错的公司上班。虽然以我的能力，足以将手头的工作打理得井井有条，但在一群佼佼者中，还是黯然失色。他们毕业于重点大学，又有背景加持，一进公司就是重要职务。而我只能从一个实习生做起，整日做一些琐碎的杂活，倒咖啡、订午餐、送文件、复印东西，忙碌得令人心酸。

我给母亲打电话诉委屈，母亲听完后没有讲一些道理安慰我，而是，风轻云淡地聊着家常："咱们家那些盆盆罐罐里的花都开了，百合花香扑鼻，兰花清幽美丽，三色堇开得很灿烂……"顿了一下，母亲继续说道："这花草跟人一样各有千秋，生长的环境也不尽相同。有的人像牡丹，像兰花，一出生就带着光环，站在金字塔的顶端，不必辛苦就可以坐拥繁华，有的人像月季，像三色堇般普通平凡，若能勤勉生长也会花开如锦。可不论名贵还是平凡，都得适应自己的环境，陶罐有陶罐的好，海碗有海碗的妙，谁都不用羡慕谁。"

母亲的话给了我很多启发，我不再怨天尤人，而是静下心来踏实工作。

如今，母亲依旧喜欢种花，牡丹长在废弃的脸盆里，睡莲长在缺角的泥缸里，蒲公英、一年蓬在替换下来的石槽里花开灼灼。这世间万物都有各自的价值，果然是种花种草种生活。

人生经不起等待

一进三月，母亲就三天两头地给我打电话。其实也没有什么正经事，话题无外乎就是院子里的那棵老杏树。母亲说："杏树开始冒花骨朵了，一个连着一个，镶满了枝条。"没过两天，又说："花骨朵要开放了呢，你回家看看吧。"我答应着："好好，等有空了就回去。"

这天，又接到母亲的电话。母亲说："丫头，你再不回家，杏花都要谢了呢。"我当时正跟朋友逛街，便心不在焉地回答："我知道了，明天就回。"谁知，第二天我又有别的事情，再次把回家看杏花的事耽搁了。就这样一推再推，直到周末才腾出时间回家。

老家的杏树是我幼年时，母亲栽下的。那会儿，我家房前屋后有桃树，也有梨树，就是没有杏树。不光我家没有，别人家里也没有。要看杏花，只能去后山，那里有几棵杏树，但大都长在陡峭的半山腰。母亲怕危险，从不肯让我独自去的。

有一次，学校提前放学，我没有直接回家，而是偷偷溜到后山去看杏花。彼时，杏花正浓，一树的红粉飞溅，绚烂了半个天空。我站在一旁痴痴地看着，心想，若是我能拥有这么一枝杏花，该多好啊。想着想着，便动了折杏花的念头。于是，我小心翼翼地攀爬到杏树上，半倚着树杈，伸手去折杏花。突然，脚下一滑，我从树上摔了下去。瞬间鼻青脸肿，脚也崴了，只能一瘸一拐地往家走。母亲看到我这副模样，又气又心疼。

母亲就从后山上寻了一棵杏树苗，栽到了院门口。旁人见了，总会劝一声：“院中不栽杏，杏旺人不旺，快把它挪走吧。”母亲却不以为然，说：“我闺女平安就行。”渐渐地，也不再有人劝了。至此，小杏树就在母亲的庇护下，安稳地生长起来了。它年年如期盛开，我年年拥有一树绚烂。

刚到家门口，就看到母亲站在杏树下等我。杏树上的花朵已经寥寥无几了。那些飘落下来的杏花，铺成一地花白。此时，微风袭来，吹落了残留在枝头的杏花，它们晃晃悠悠跌落下来，有一枚花瓣落在了母亲的发梢上。阳光下，淡白色的花瓣与母亲花白的发丝格外显眼，也格外刺眼。我竟从未留意过，母亲是什么时候长了这些白发的。

犹记得，母亲栽这棵杏树的时候，她还是一头青丝啊。母亲叹一声，无不遗憾地说：“花不等人啊，你都没有看到它今年盛开的样子呢。”是呀，我跟着叹息，我错过了杏花初绽时的胭脂红，错过了它盛开时的娇嫩粉，也错过了它即将凋零时的雪花白。等我来时，只看到了它凋零之后的一地残痕。

母亲在树下发愣，她的背影看起来又瘦又小，单薄得像挂在枝头的杏花。我突然警觉，杏花经不起等待，人生又何尝不是呢？我的母亲，还有多少个年头，等我回家看花呢。我帮母亲拂去头发上的花瓣，跟她说：“妈，我手头的事都忙完了，要在家小住几天呢。”母亲顿时欢喜起来，一连串地说着：“好好好，妈给你做好吃的。”

我上前牵了母亲的手，心里感激着，也愧疚着。

生活需要缝缝补补

周末，因为琐事跟丈夫拌了嘴，我一气之下，就回了乡下老家。

恰巧，母亲要去山里摘槐花，我便陪母亲前去，顺便散散心。摘槐花的时候，我仍旧想着拌嘴的事，一不留神，衬衣的袖口处就被槐枝刮了一个洞。回到家里，我赶紧把衬衣换下来，并打算把它丢弃了。谁知，却被母亲拦了下来。母亲说："不过是个小洞，缝几针就好了，扔了多可惜呀。"说着，她便端出自己的针线笸箩。

母亲的针线笸箩是她的陪嫁物品，用细软的柳条编制而成。里面装着锋利的剪子，花花绿绿的彩线，形状各异的布头，大小不同的银针，粗细不等的锥子，还有顶针、按扣等小玩意，琳琅满目。别看这些东西不起眼，却承载着母亲这一辈子缝缝补补的生活。

幼年的时候，我很淘气，喜欢爬墙上树，刮坏衣服是常有的事。每次，母亲都会耐心地把刮坏的地方一针一线缝上，顺便再绣上别致的图案，如锦上添花。有时候，父亲的衣衫上的纽扣松了，母亲便穿针引线，用细密的针脚将松动的扣子固定住，这些扣子比之前牢固多了；还有时候，家里的床单或窗帘被洗出破洞了，母亲就会找来花色相近的布片，覆在破洞上，不仅补得严丝合缝，还让破洞的地方更加厚实耐磨……

很快，母亲就将袖口的破洞缝补好了。为了美观，她还特意用彩线在补丁处，绣了一枝粉嫩的桃花。母亲将衬衣递给我，说："丫头，看看，合不合心意。"我接过衬衣，捧着看了又看，这件衬衣不仅没有因为补丁变得丑陋，反而多了一份灵动和俏皮，便欢喜地说："真好看，这衬衣也算是因祸得福了。"

母亲看着我，意味深长地说："丫头，婚姻就像一块布料，经过了无数的洗涤、摩擦和穿戴，就会出现磨损、撕裂等问题。这时候，有些人会选择逃避或者放弃，但是有些人，会选择面对，并寻找办法把裂痕缝补起来，让感情变得更加有韧性。"

我猜，母亲定是知道我跟丈夫拌嘴的事了。刚要解释，就接到丈夫打来的电话，电话刚接通，他就忙不迭地道歉："早上的事是我不对，我诚恳地给你道歉，你今天早点回来，我买了你惦记已久的项链，还做了你最爱吃的红烧鱼。"我正想硬着嘴，去反驳他，就想到了母亲刚刚的话，便软了语气，说："我也有做错的地方，对了，我跟妈摘了槐花，可新鲜了，回头我带回去点儿，给你做槐花饼吃。"闻言，电话那头的丈夫，兴奋不已，说："太好了，我早就想吃你做的槐花饼了。"

一旁的母亲，悄悄松了口气。

临走时，我的后备箱里除了有新鲜的槐花、碧绿的青菜，还有一个崭新的针线笸箩。这个针线笸箩本应是我的陪嫁品，但因为我嫌它丑陋，又觉得用不上，执意不肯要，就留在了母亲家里。母亲站在车旁，看着笸箩，对我千叮咛万嘱咐："丫头，缝缝补补才是生活的真谛呀。"我点点头，载着母亲为我准备的针线笸箩，载着母亲一生的缝补哲学，信心满满地驶向了自己的小家。

细想一下，无论是物品，还是生活，都会有出现裂痕的时候，而缝补就是一种积极应对的方式。它不仅可以修复受损的部分，还可以让我们更好地感念过去，珍爱现在，如此方能更长久。

曲折幽径，亦有风景

站在山顶看夕阳晚霞的念头，在我脑海里盘旋多日了。因工作繁忙，一拖再拖。今天终于得空，忙约了朋友一起前往。我们兴致勃勃地来到山前，却被一块警示牌拦住了路，几个大字赫然入目：施工现场，游人止步。一旁的工作人员耐心地跟我们解释着：“通往山顶的石阶有些松动了，正在修缮中，过些日子再来吧。”

我跟友人面面相觑，满心的期待瞬间化为泡影。折返途中遇见了一位护林员，他热心地告诉我们，前方有一条山路也能到达山顶。它曾是附近村民上山的必经之路，放羊的、采蘑菇的、摘野果的，大都从那走过，只是后来这座山被开发成了景点，修建了石阶和凉亭，小路就渐渐被人冷落了。

我跟好友顺着护林员所说的小路前行。小路很窄，没有如织的游人，没有整齐的台阶，亦没有错落的凉亭。它荒草丛生，荆棘密布，拉拉秧的藤蔓肆无忌惮地匍匐在路面上，稍有不注意就会被割伤。还有一些不知何时被风雨折断的树枝，横七竖八地躺在地上，一不留神就会被刮住裤脚，摔个跟头。我不禁打起了退堂鼓，然而一想到，站在山顶与落日晚霞同辉的场景，又鼓足了勇气。

我们走着走着，眼睛被沿途的景色吸引，渐渐忽略了脚下的险阻。

遇见一片盛放的茑萝。它们伸着细长的脖子沿着槐树的枝干攀爬着，细密的花朵踮起脚尖，奋力地吸吮着阳光，朵朵花儿如星星般晶莹。好友说，茑萝喜欢阳光，攀爬得越高越能接近阳光，花朵也就越鲜艳。我盯着一丛茑萝心生钦佩：看起来柔柔弱弱的茑萝竟是如此执着，当真令人刮目相看。

遇见一丛画眉草，跟一堆杂草混在一起。茎叶青绿且柔韧，穗状的粉色小花缀满了腰身，闪烁如羽鳞，风吹起，腾出一抹抹朦胧的轻烟来，映得周围的杂草也婆娑细腻起来。我担心它身单力薄，被杂草们欺负。好友笑，花草的相处能力超出了你的想象，它们各自生长，却又相互扶持，像知己，像兄弟姐妹，亲密无间。

遇见一棵高大的松柏，大致有几百年树龄了吧，粗壮的身躯撑着万千根枝枝丫丫，不急不缓地生长着。它是宽容的，既接纳日光月影，也接纳风霜雨雪；它允许鸟雀在枝杈做窝，也允许小虫在脚下打洞。它一身正气姿态，既敬重比它强大的树木，却也不轻视比它弱小的灌木，如一尊佛，稳重老练，通达事理。我注视着它，很久很久，喧嚣的心渐渐安静下来。

遇见一条小溪，清澈见底，风吹过漾起点点银光。它是涓涓细流，却有不动声色的力量。你看，它把一枚枚的鹅卵石磨去了棱角，露出温润的色泽，如玉如璞。虽说早就知道鹅卵石是怎样形成的，但还是被震惊到了。我跟好友挑拣了几枚中意的，带走。我喜欢柔韧的力量，比如溪流。我喜欢历经磨难后的美好，比如鹅卵石。谁说两者不是相互成全的呢，如同我们与生活——生活的艰辛让我们成长，我们的成长才能彰显生活的曼妙，如此方可合二为一。

我们走走停停，与草木对话，与鸟雀的谈心，不知不觉中竟到达了山顶。时间刚刚好，夕阳正携着余晖隐进山林，晚霞捧着光芒喷薄而出。

你看，能到达山顶的不只康庄大道，还有蜿蜒的小径。想一想，崎岖山路没什么不好，它有荆棘，也有别样的风景供我们观赏，参悟，在不经意间洗涤着我们的灵魂。人生的路亦是如此。

跑着跑着，天就亮了

三十岁那年，我所在的公司倒闭了，老板跑路，拖欠的几个月工资也没了着落，雪上加霜的是，我的婚姻也亮起了红灯。我带着两岁的女儿搬出了曾经温馨的家，在小小的出租房落脚。为了方便照顾女儿，我跟人合伙做生意，没想到厄运再次降临。我被人骗了，血本无归，还欠了一堆债务。那些日子，我陷入了无尽的黑暗里，整夜失眠，头发大把大把往下掉。

好友来陪我，给我做可口的饭菜，给我讲古今中外逆境重生的名人故事，她变着法地安慰我。可我依旧觉得前路茫茫，漆黑一片，再多的励志鸡汤也暖不了我冰冷灰暗的心。

那天，她拖着我去晨跑。天还没亮，我们沿着公园的小路缓缓前行，新鲜的空气扑面而来。好友边跑边给我讲她的故事：

她刚出生就被重男轻女的亲生父母遗弃，后来被一户好心的人家捡去收养。养父母家境贫寒，养母身体不好，一年到头都得吃药。自她记事起，她就跟着养父上山砍柴、打猪草，回家还得洗衣做饭，照顾生病的养母。

更糟糕的是，高考前夕，养父砍柴时摔断了腿，家里的所有活计都压在了她身上。别人做习题的时候，她要给双亲做饭洗衣，别人模拟考试的时候，她要请假去田里施肥捉虫。请假，不停地请假，她的成绩直线下滑，老师找她谈话，告诉她再这样下去，别说本科，就是专科都难。

为了不耽误上学，她半夜去地里干农活，困了就在地里眯一会儿。好不容易考上大学，顺利毕业，却在求职时屡屡碰壁。可她从未气馁，天不亮就起床，奔走于城市的各个招聘会，终于遇见了自己的伯乐，做到现在的位置。如今的她，已是公司的经理。

讲着讲着，她忽然停下了脚步，指着天空说："你看，天亮了。"我抬头望去，东方已出现了鱼肚白，天空变成了淡蓝色。一抹光亮穿透云层，晨曦的光徐徐推开云雾洒落下来，给万物镀上一层金色。树木开始蓬勃，花草开始绽放，迎面而来的人笑容灿烂。

她握着我的手说："在那些艰难的日子里，我都是天不亮就开始跑步，跑着去田地，跑着去校园，跑着去应聘，跑着跑着天就亮了。"我明白了好友的良苦用心，心里感动不已。看着朝阳的光芒透过树枝洒落在我们身上，所有的疲惫都烟消云散，我的心里亮起了一抹曙光，混沌绝望的日子被这束光照亮。我抱了抱好友，告诉她，我会好起来的。

后来，我带着孩子摆地摊卖玩偶、卖饰品，摊煎饼馃子、卖凉皮、烤红薯……半年里练就了一身技能，哪里人流多，什么节日卖什么货，我都摸得一清二楚。当然，也有货砸在手里卖不出去，蹲在路边哭的时候。如今我已经走出了那段灰暗的日子，不论是经济上还是家庭上，都有"小荷已露尖尖角"的欢喜。

人这一生，会遇到许多事，会跌跌撞撞，会陷入窘境和迷惘，要紧的是，在黑暗中跑起来，跑着跑着，天就亮了，再多的灰暗也会变得灿烂。

走不同的路去上班

午间休息的时候，我和几个同事聚在一起吐槽。这个说，天天上班下班，两点一线，日子太乏味了。那个说，时间不是奉献给单位，就是奉献给家务，都没有多余的时间去旅游，身心都疲倦了。

这时，一旁的小雅说："旅行不必去远方，在咱们自己的城市里，也能欣赏到新的风景。"有人不以为然地说："咱们小县城能有什么风景，不都是早就看腻了的嘛，何况，也没有时间啊。"闻言，小雅打开手机相册，一张一张翻着照片，相册里有诗意的小桥流水，有如画的拂堤杨柳，也有烟火气息的小摊小贩……大家看着这些照片，不时地发出"哇"的赞叹声。有人问小雅，她什么时候去旅游了。小雅笑着答："这就是我上班路上的风景啊。"

看着小雅手机里的景色，我羡慕不已，说："你上班的路上怎么有这么多风景呢，今天是小桥流水，明天是一树花开，不像我，上班都是公交换地铁，啥风景都没有，心都跟着枯燥乏味了。"小雅故作神秘地说："那就带着善于发现的眼睛，走不同的路去上班，你也能看到新的风景哦。"看我有些疑惑，小雅又解释说，她来上班，从不固定一个路线，而是经常换个路线前行，一路上总能遇到不同的美好。

大家恍然大悟，当即决定自己也要换个路线去上班。

第二天上班，我特意从小路步行前往公交站。路旁的一片草地上，有几只小猫在里面玩耍。这只跑过来，那只钻过去，兴致勃勃。见了人，小猫也不跑开，而是歪着头，奶声奶气地叫着，像给人打招呼，眼眸里蓄满清澈与纯真。让遇见的心，一下子就柔软下来。草丛旁，一丛一丛的迎春花正开得如火如荼。万千朵明黄的小花在春风里翩跹，欢呼雀跃着。一只鸟儿，落在迎春花旁，"唧唧啾啾"，唱着春天的歌谣。我愕然，自己从未留意，春天已经走到身边了。

往前走，是一处公园。里面吹拉弹唱，载歌载舞，热闹得不得了。透过铁栅栏望去，一位年轻的母亲站在阳光里，教孩子跳舞，小小的孩童，手舞足蹈着，憨态可掬；一位女儿推着轮椅上的老母亲，沿着湖边散步，她们在聊些什么呢，眼角眉梢都是和风细雨；鹤发童颜的老爷爷们，聚在一起下棋，棋盘上杀得热火朝天，对弈的人却是悠哉乐哉；还有几位老人坐在栅栏旁的木椅上，谈天说地，每一道褶皱里都溢满了笑意。看着这样的光景，我不自觉地扬起嘴角，心情也跟着明媚起来了。

刚到办公室，就看到大家都在分享自己上班路上的风景。每个人都神采奕奕，兴致勃勃，全然不似昔日那般，一脸烦躁，不是吐槽堵车，就是吐槽加塞。

谁说上班就得固定在同一条路线上呢？谁说旅行就要去远方呢？走不同的路去上班，在自己的城市也能旅行，不仅会发现新的风景，更会收获美好的心情。

尽享浮生半日闲

盛夏时节，最容易与一场雨邂逅了。

午后，出门办事。从家里出来的时候，还是晴空万里，白云悠悠。谁知，刚走到半路，天空突然阴沉起来，乌云密布，遮蔽了炽热的太阳。紧接着，电闪雷鸣，豆大的雨点从高处落下，呼啸着，奔腾着，在天与地之间，拉起了一帘气势浩荡的雨幕。

路上的行人，大都没有带伞，只好找就近的地方避雨。有的躲在路旁的凉亭里，有的躲在人家的屋檐下，也有的躲在了街边的商铺里。我也跟人群奔跑，匆忙间跑进了一家茶馆。此刻，茶馆里已经坐了不少来避雨的人。

我坐在茶馆的角落里，透过窗户向外望去，雨越下越大，到处迷蒙一片。看这情景，估摸着雨一时半会也停不了，便点了一杯清茶，等雨停。因为惦记自己手头上未完成的事情，心里不免焦躁不安起来，哪还有心情喝茶品茶啊。我不时地看看手机，再看看窗外的雨，总觉得时间缓慢地像偷懒的蜗牛，令人着急，却又无可奈何，眉头不由得越皱越紧。

我的这副模样，与茶馆里悠闲祥和的氛围格格不入，很快就引起了茶馆老板的注意。茶馆老板跟我父亲年纪相仿，他走到我跟前，轻声地说："孩子，何必如此急躁和焦虑呢？虽然，因了这场雨，你被困在茶馆里，可也因了这场雨，你能在茶馆里享受一份独特的宁静和放松啊。"真是一语惊醒梦中人。

我不禁豁然开朗，焦虑和不安也随之消散。我重新泡了一壶茶，并搬来一把舒适的椅子，慵懒地倚靠在窗台，品茶听雨。

窗外，雨密密地斜织着，落在瓦片上，落在草叶上，发出悦耳的撞击声。时而急促，"哗啦啦，哗啦啦"，如大弦嘈嘈；时而轻缓，淅沥沥，淅沥沥，如小弦切切。如此反复，很容易让人想起那句"大珠小珠落玉盘"的名句来。人闭眼倾听，仿若置身于一场琵琶盛宴中，听得心里泛起了枝枝蔓蔓。室内，轻盈的茶叶在水中舞动，释放出淡雅的香气。我轻轻品味着茶水的滋味，心随之舒展。我情不自禁地推开了窗户，清新的空气与袅袅茶香相互交织，相互融合，令人心旷神怡。

这一刻，世界安静下来了，只有茶水和雨滴的声音在缓缓流动；这一刻，茶馆里的时光仿佛静止，就像一块琥珀将美好的瞬间永远地封存；这一刻，我与这片宁静相融合，让心灵随着茶水和雨滴自由律动，忘却了外界的喧嚣和纷扰。

不知何时，雨停了，避雨的人们纷纷回归到外面的世界，匆匆忙忙地继续着各自的日常生活。我也起身离开座位，付了茶钱，微笑着向茶馆的老板道别。走出茶馆，我深深地吸了一口清新的空气，并以从容地姿态去处理手头的事情。

唐代诗人李涉在游览寺院时，与高僧闲聊，从而"偷得浮生半日闲"。而我，因了一场雨，一盏茶而"尽享浮生半日闲"，真真是人生欢喜之事啊。

家门口的诗和远方

进入冬日后，住在乡下的父母就闲下来了。我决定趁着这难得的空闲，带他们外出旅游，去看看外面的世界，享受生活里的诗与远方。父母听到这个消息后，并未有想象中那么高兴。父亲说："年纪大了，不喜欢折腾了，还是在老家更惬意。"母亲说："丫头，咱们家门口也有诗和远方，不信，你可以在家里多住些日子，一定会有收获的。"

见父母执意不肯，我只好将计划搁置，打算先在老家住上几日，再慢慢劝他们。

这个季节的乡下，树木凋零，花草衰败，入目一片冰冷。看着眼前的光景，我不禁叹息，这日子该怎样消遣呢。母亲似乎看穿了我的心思，拉着我的手，说："丫头，既来之则安之，走，跟妈去街上转转。"我想了一下，与其闷在家里，倒不如出去找些乐子，打发一下无聊的时光。

我跟母亲走在街上，看到家家门前的晾衣绳上都晒着一条条被子。花花绿绿的被面印着喜庆的图案，有龙凤呈祥，有喜鹊朝阳，还有大团大团的牡丹花簇拥着，演绎着花开富贵的美好。软绵的阳光落在被面上，泛着晶莹的光芒，犹如一道道屏风，宠溺着守护着古朴的小院。冰冷的屋檐，斑驳的木门都变得妩媚起来。

身旁突然传来孩童的笑声，两个扎着羊角辫的孩子在晾晒的被子间追逐嬉闹，晒被子的年轻母亲嗔怪着："丫头，别把被子扯到地上了。"孩子哪听得进去，她们追着，闹着，向另一道屏风跑去了。我仿佛遇见了童年的自己，无拘无束，温暖亲切。

再往前走，是村里人们最爱聚集的地方。低矮的土墙跟下，倚了一排人在晒太阳。有闲聊打趣的，你一言我一语，笑声不断。有下棋博弈的，车攻炮轰，好不热闹。还有几个妇人围坐在一起织毛衣，不紧不慢，眉眼里透着淡定与从容。不远处，一位上百岁的老人，正豁着牙已稀落的嘴，给孩子们讲很久以前的故事。她欢喜地摸摸这个孩子的手，捏捏那个孩子的脸，笑得合不拢嘴。还有位年轻的妈妈抱着牙牙学语的娃娃，一遍一遍地教："妈妈，妈妈。"孩子晃着小脑袋，"咿咿呀呀"，奶声奶气的音调让人心生柔软。

我在这片灿烂祥和的景象里驻足，发愣。在这里，时光慢下来了，不必匆匆赶路，急急奔波，而是与俗世日常相伴，缓缓地，缓缓地承载着老百姓的悠闲与喜乐。冬天的日子，因此有了温度。

村口的桥头上来了打爆米花的摊子。陈旧的三轮车上装着碳炉子，滚筒，还有长长的麻袋。他寻一个地方，将工具卸下，摆开阵势，便扯开嗓子喊："爆米花咯，爆米花咯！"人们闻声跑了过去，询问价格。孩子们好奇又开心地围在跳动的炉火旁喧闹着，七嘴八舌。随着"嘭"的一声巨响，无数颗玉米粒在麻袋里开了花，爆米花的香甜气味在空气里蔓延缠绕，连天上的云朵都晕染了甜蜜的气息。

母亲也买了一袋，我抓了一小把放进嘴里，香甜在我嘴里融化，幸福在我心底绽放。母亲笑眯眯地问："好吃吧？"我嗯嗯地应着，抿着嘴乐。

母亲说，村里的风景虽然比不上大城市的繁华和浪漫，但平平淡淡地过日子，也是别样的滋味。她还说，明天带我去田野里转转，看落日下的狗尾巴草，看小河边的荻花，看田里的麦苗……

我感动着家门口的烟火人生，开始贪恋村里的风景。这些日常生活平淡却温暖，平和且治愈，能让一颗倦怠的心，泊在那里，悠然自得。

慢下来生活会更美

木心先生在《从前慢》里写："从前的日色变得慢，车、马、邮件都慢，一生只够爱一个人。"慢，是一种生活的态度，也是一种沉淀心灵的方式。在这个快节奏、急功近利的时代，我们常常被压力和焦虑所困扰，忽略了慢下来的重要性。然而，如果我们能够以慢为出发点，凡事慢慢来，是不是就能发现生活里更多的美好，也能更加享受其中的乐趣呢？

譬如，慢品茶。自古以来，在茶文化中，品茶就被视为一种修行的方式。周作人先生在《喝茶》中写："喝茶当于瓦屋纸窗之下，清泉绿茶，用素雅的陶瓷茶具，同二三人共饮，得半日之闲，可抵十年的尘梦。"当我们沉下心来，慢慢品味茶叶中散发的芬芳，细细感受茶汤在口中的回甘，我们不仅仅是在品味茶的香气，更是在品味生活的美好。品茶，是一种与自己心灵对话的过程。在这个过程中，我们会卸下生活的疲惫，让身心得到前所未有的放松和平静。

譬如，慢赏花。花草是大自然赐予我们的礼物，它们以绚丽的色彩和芬芳的气息装点了我们的世界。古语云："临海煮酒闲观月，倚松烹茶慢赏花。"这一句，道出的是四种人间清欢。然而，我们每日里脚步匆匆，在一丛又一丛的花间穿梭，却不曾放慢脚步，欣赏一朵花绽放。因此，也忽略了许多的小美好。还是让我们，慢赏花吧。去触摸花瓣的柔软，轻嗅花香的馥郁，倾听花蕊的心声；去发现每朵花独特的韵味和姿态。慢赏花的过程，不仅让我们感受到大自然的奇妙，也让人的灵魂找到归宿。

譬如，慢相爱。听过一首《慢慢爱》的歌曲：“就让我们慢慢爱，慢慢悠悠实现，实现我们相依又相伴的美好心愿。”爱是生活中最美好的情感，需要无尽地耐心和真诚去支撑。但我们常常在追逐爱情的过程中，急于追求速成的结果，错过了那些真正与我们心灵相通的人。若我们能够从慢慢认识，慢慢了解，慢慢喜欢，慢慢相爱，直至慢慢到老，该是一件多么浪漫且幸福的事情啊。慢相爱的过程，不仅让我们建立起深厚的情感连接，也让我们更加珍惜和平衡这份爱。

慢下来，不是消极，不是迟缓，而是去感受，去沉淀，在时光里循序渐进，浅浅行走，直至抵达。无论是品茶时的淡然，赏花时的宁静，还是慢慢相爱的温暖，慢下来都会让我们的生活变得更加丰盈、精彩。

慢下来，静下来

自从孩子上了小学，“快点”就成了我的口头禅：“快点起床！快点吃饭！快点写作业……”尽管每天不停地催促，可孩子的事情依然是兵荒马乱。

比如，明明提前五分钟出门送他上学，却在半路的时候，发现他忘记带水杯子了。于是返回家去拿，结果耽搁了时间，导致迟到。又比如，二十分钟可以写完的作业，却在写作业期间，因为各种小麻烦，导致一个多小时才能完成。为了这些问题，我曾循循善诱过，也曾小惩大诫过，可始终没有什么明显的效果。直到母亲到来后，这种状态才得以改善。

那段时间，我要去外地出差，便将母亲接到了城里，帮我照顾孩子。临行前，我非常焦虑，把孩子的情况及问题都跟母亲说了又说，并嘱咐她一定要多催促孩子点。母亲却是笑着说：“孩子交给我，你就放心吧。”

出差的第三天，我就接到了孩子老师打来的电话。本以为是个批评电话，谁知，老师却在电话里表扬了孩子，说孩子这两天进步很大，不仅书写工整，正确率也提高了很多。挂了老师的电话，我纳闷不已。母亲并不识字，她是如何辅导孩子写作业的呢？

为了解开心里的疑惑，我赶忙查看了家里的监控视频。视频中，儿子正坐在书桌前写作业，母亲则坐在他旁边的椅子上绣枕套，两个人各自忙着自己的事，很安静。忽然，儿子停下手里的笔，说：“姥姥，我不会做这道题。”母亲闻言，放下手里的针线，柔声说道：“乖乖，别着急，慢慢回想一下老师是怎么讲的。”儿子点点头，乖巧地翻看着笔记，时而皱眉，时而思索，一分钟过去了，三分钟过去了，他还在翻看笔记。

我不禁着急起来，刚要从监控里远程催促他，就见儿子一脸兴奋地喊了起来：“姥姥，我会做了。”母亲抚摸着他的头，说：“乖乖真棒，慢慢写，别着急。”就这样，孩子每遇到一个问题，母亲都会说，慢慢来，别着急。也不过是半小时的工夫，孩子就完成了作业，并收拾好了书包。

看着孩子乖巧的身影，我既欣慰又惭愧，开始反思自己和母亲的区别。我陪孩子写作业的时候，他若是碰到不会的题目，我总会说，快点想呀，快点找笔记呀！等孩子查找笔记的时候，我也会嫌他磨蹭，不停地训斥，知识点记在哪了，快点找出来呀，等着答案自己跑出来吗……吼个不停。我越吼越着急，孩子也跟着着急。他越着急，越容易出错；越出错，就越降低效率。

俗话说：“欲速则不达，慢工出细活。”慢是一门艺术。只有慢下来，才能静下来；只有静下来，才能放下焦虑，全神贯注地做好当前的事，提升效率。

作为家长，我们总会以自己的标准来判断孩子的快慢。一旦没达到自己的标准，就会不停地催促，训斥，好像赶着去打仗，慢一点儿就会被淘汰。殊不知，在养育孩子方面，我们只有跟着孩子的节奏，慢下来，才能让他静下来，蜕变成长。

修枝剪花是人生

周末，带儿子去郊外踏青，无意间走进了一片梨园。这个时节，是梨花的盛锦年华。那一簇簇雪白的梨花，涌云堆雪般压弯了枝头。我们在里面缓缓穿行，常常会有一枝又一枝累累的花朵，碰到我们的头和身子。

忽然，有细细碎碎的交谈声传来。循声望去，稠密的花影间有两个人影闪现。定睛一看，是一对朴实的中年夫妇。看到我们这不速之客，他们并不惊讶，只是憨厚地笑了笑。我走过去跟他们打招呼，交谈中得知，他们夫妇正是这片梨园的主人，比我大几岁。

正说话间，梨园大哥就爬到了梨树上，左手抓住一根枝条，右手扬起粗大的剪刀，“咔嚓咔嚓”几下，就剪掉了几根枝条。紧接着，他又大刀阔斧地剪掉了不少梨花。看着一地的花枝，我惊讶地问：“为什么要剪掉它们呢，这样岂不是要减产吗？”他解释说：“这是为了增产，你不知道，这树上的花多，结的果子就多，养分就会供应不足，不仅会导致梨子个头小，而且味道也会变差。”

我恍然大悟，但看着散落在地上的梨花和梨枝，还是心疼不已，蹲下身捡起几枝花枝，颇为惋惜地说：“这些花枝还是有些可惜了。”梨园大哥爽朗一笑，说：“妹子，这修枝剪花看着是可惜，实则是必然，这种植梨树就跟养育孩子一样，不能让他们背负的东西太多了，不然得不偿失。”

听完梨园大哥的话，我一怔，想起了昨日跟丈夫拌嘴的事。

起因是我打算给儿子报个小提琴培训班，一来可以陶冶情操，二来能训练专注力，更重要的是，万一儿子小提琴拉得好，说不定能成为他的一技之长呢。可丈夫死活不同意，说：“儿子现在的兴趣班已经够多了，有画画、书法、围棋，还有跆拳道和机器人编程，孩子都有厌学的情绪了，再这样下去，会把孩子给累垮的。”我当时还怪丈夫目光短浅，不知道为孩子的未来打算。现在想来，那些所谓的兴趣班，就如同梨树上多余的花朵，并不是多多益善才好，适当地修枝剪花，才能结出饱满的果实。

其实，何止梨树与养育孩子需要修枝剪花，人生又何尝不是呢。一个人背负太多，既想当将军，又想当厨师，既想能歌善舞，又想琴棋诗画，恨不得把十八般武艺都学到手，殊不知，人的精力有限，只有删繁就简，才能有更圆满的人生。

秋天的姿态

凉风渐起，细雨生寒。转眼间，又是一年秋来。

在四季的轮回中，年少时，我多偏爱春天，总觉得花叶间是昂扬的希望，鸟鸣里含着澎湃的力量。可随着年岁见长，越发觉得秋天更胜一筹。

秋天，有愁思，也有豁达；有遗憾，也有洒脱。它如同我们的人生，走过春风得意的少年，走过风华正茂的青年，渐渐沉淀出中年的姿态。

秋天的姿态，是豪情万丈的。“自古逢秋悲寂寥，我言秋日胜春朝，晴空一鹤排云上，便引诗情到碧霄。”唐朝诗人刘禹锡因一场“永贞革新”，经历了一场过山车般的变故。从位极人臣到被贬凄凉地，短短几个月的时间，从人生巅峰跌到了低谷，瞬间云泥。在被贬期间，他不颓废，不自怨自艾，始终保持着乐观积极的信念，笑看人生。

秋天的姿态，是得失相间的。“万里悲秋常作客，百年多病独登台。艰难苦恨繁霜鬓，潦倒新停浊酒杯。”晚年的杜甫官场失意，抱病登高远望，一览山水景色。秋风萧瑟，木叶尽落，心中升起无限惆怅。满腹愁苦寄情于景，感慨世间万物都是过眼云烟，时光易老，繁华易逝。人这一生啊，要接受世事无常，看淡得失，所有的一切也就释然了。

秋天的姿态，是坚韧乐观的。“秋气堪悲未必然，清寒正是可人天。绿池落尽红蕖却，荷叶犹开最小钱。”都说秋天的肃杀之气容易让人触景生情，产生惆怅的情愫，而在南宋诗人杨万里的眼里，秋天却是明净可人的季节。天气既不像夏天热得令人烦躁，又不像冬天冷得入骨，它是恰到好处的凉而不寒。你看啊，这个季节里，虽然荷花凋谢了，但仍有新生的荷叶透露着生机。生命自有力量，有凋零便有新生。秋季如是，人生又何尝不是呢，保持一颗乐观的心，在失意里寻找希望。

秋天的姿态，是悠然豁达的。“采菊东篱下，悠然见南山。山气日夕佳，飞鸟相与还。”东晋时期的田园诗人陶渊明，一生极为洒脱，淡泊名利。他在归隐的生活里，从南山的美景里领悟了返璞归真的哲理，保持一颗宁静的心，在嘈杂喧嚣的世界里，觅得一处心安处。即使是粗茶淡饭，也能修得一颗恬淡闲适、怡然自得的心。

秋天，真真是把人生的姿态都一一揉了进去，从繁华到清冷的更迭，从凋零到新生的循环，从万般强求到顺其自然的平和。

认真地过好每一个冬天

今年的冬天冷得特别早。刚进入冬天，我所在的小城就迎来了第一场雪。我去车站接表妹，远远地就看见她瑟缩在车站门外，一脸愁容，满身风雪。

回到家里，我赶紧帮她掸落身上的霜雪，又倒了一杯热水，暖暖身。她捧着那杯水，还未开口，泪先流了出来。现在的她正在经历一场天昏地暗的挫折，先是婚姻失败，紧接着，投资的生意又赔了个血本无归。一夕间，她仿佛被抽干了精气神，憔悴得让人心疼。

她诉说完自己的遭遇，看着窗外的风雪，说了句："姐姐，这个寒冬我该怎么熬呀。"我递给她几张纸巾，极为诚恳地告诉她："静下心来，认真过好每一个冬天。"

这句话是我祖母在世时告诉我的。十五岁那年的冬天，我因生了一场病，频频请假，不仅耽误了学业，成绩一落千丈，还因为吃了许多激素药物导致身体发胖变形。于是，无论是从成绩上还是容貌上，我一下子从人们眼里的白天鹅变成了丑小鸭。年少的我承受不住这样的打击，整日把自己关在屋里，自暴自弃。

记得也是这样的一个风雪天，我像往常一样把自己埋在被窝里不肯起床。祖母把我唤醒，轻轻抚摸着我的脸说：“丫头，起床吃碗面，陪我去田野里走走吧。”我把头伸到被子外，寒气扑面而来，我正要拒绝，又看到祖母殷切的眼神，只好点点头，答应了。等我穿好衣服，祖母煮的面条已经在桌子上冒热气了，香气在鼻尖缠绕，我迫不及待地捧着那碗面，大口地吃了起来。或许是因为多日未好好吃饭，这碗面吃得格外香。一碗面条下肚，整个身子也暖和起来了。

我陪着祖母走在蜿蜒的小路上，北风裹着雪花打在脸上，生疼。我不禁裹了裹棉衣，要打退堂鼓。祖母似乎看穿了我的心事，拍了拍我的肩膀，指着前方说：“丫头，看到那些树了吗？”我顺着祖母手指的方向望过去，一排排白杨树褪光了叶子，露出枯瘦的枝条，似千军万马般嘶吼着，与风周旋，与雪抗衡。即便有的枝条被折断，仍不气馁，向着天空的方向昂首挺胸。

我们在树下停下脚步，祖母看着眼前的情景，说：“丫头，四季更迭，草木不能拒绝冬天的到来；人生无常，我们也不能拒绝人生寒冬的到来。万物都是应季而生，应季而长，你看田里的麦子，路边的野草，哪个不是在寒冬里蓄势，在春天里待发。”

祖母继续说着：“其实，寒冬并不可怕，可怕的是我们自己不肯上进，活成一团废墟。只有把冬天当作人生的修炼场，认真地过好每一个冬天，孕育积蓄了力量，才能在下一个春天抽枝长叶。”

我摩挲着白杨树的树身，瞬间泪目。从那以后，我便把“认真地过好每一个冬天”当作座右铭，时刻记在心里。认真地生活，认真地学习，认真地对待每一次的挫折，明心见性。

我把自己的故事和祖母的话，一一讲给表妹听，良久，她揉了揉红肿的眼睛说：“姐，我饿了，麻烦你帮我煮碗热汤面，我填饱肚子，才有力气冲锋打仗。”看着表妹眼里重新燃起的光亮，我终于放下心来。

作家叶倾城说：“冬天不能不冷，夏天不能不热，风雪不能不逼人，而成长也不能不疼痛。”

无论是季节的冬天，还是人生的冬天，只要我们积蓄好能量，有朝一日就会爆发出力量，成就自己精彩的人生。

最好的生活方式

回了趟老家。

这次回老家是来接父母进城的。自打在城里安了家，我就不止一次地想把父母接到身边，给他们换个好的生活方式，安享晚年。但他们总是推脱，不是舍不得地里的庄稼，就是舍不得园子里的果树，这件事便耽搁下来了。

现在正是农闲时节，粮食入仓了，小麦种下了，地里的农活要等到来年开春才能动工。我打算趁此机会，接他们来城里住一段时间。城里有暖气，在屋里不用穿笨重的棉袄棉裤，洗衣做饭也不必用冰冷的井水。更何况，我住的地方离公园很近，他们随时都能去公园里下下棋，跳跳舞，过一段丰富多彩的老年时光。我想着，等他们在这住上一段时间，就会爱上城里的生活方式，继而也能顺其自然地留下来。

母亲知道我的来意后，看着晾在院子里的一地棉花喃喃着："这些棉花还得几天才晾干，还要脱籽弹棉花，得忙些日子呢。"父亲蹲在院子的槐树下，出神地盯着正在觅食的几只鸡，微微叹了口气，说："这些鸡是我好不容易淘换来的优种鸡，天天都下蛋呢。"

忽然，一旁玩耍的儿子喊道："妈妈，快看，喜鹊！"我顺着儿子的目光望去，几只花喜鹊拖着长长的尾巴，站在槐树枝头，快乐地“叽叽喳喳”。这个时节，候鸟们都迁徙到温暖的南方过冬了，只留下喜鹊、麻雀等留鸟们守着这肃冷荒凉的季节。冬天在乡下看到喜鹊是件稀松平常的事儿，我便随口“嗯”了一声。儿子又问道：“妈妈，现在这么冷，它们怎么不去南方过冬呢。”我正想着怎么劝说父母去城里的事儿，便心不在焉地回答：“因为它们傻，不会享福。”

话音刚落，母亲就忙不迭地为喜鹊鸣不平，说：“喜鹊才不傻呢，它们善于筑巢，一层树枝，一层泥巴，一层干草，一层羽毛，既牢固又温暖，它们还善于觅食，泥土里的昆虫，草丛里的草籽，灌木里的野果，都是它们的食物。它们留在这里，是因为它们有自己的生活方式，知道自己要过什么样的日子。”

儿子似懂非懂地点点头，趴到我耳边小声问：“妈妈，外公外婆不肯进城，是不是因为乡下的生活才是他们喜欢的呢？”我突然愣住了，细细琢磨着母亲和儿子的话，内心五味杂陈。

饭后，我跟着母亲去屋后的菜地里收白菜。这里是他们新垦的一块地，里面除了成片的白菜，还有满地绿，苔菜、雪里蕻、生菜连成一片，热闹蓬勃。

母亲用满是老茧的手轻轻抚摸着这些青菜，嘴角不自觉地上扬。一旁的泥土里，有密密麻麻的小嫩芽冒出头来。母亲指着那些嫩芽告诉我：“这是菠菜，那是油菜，你看长得多好，明年一开春就能吃了。”母亲说这话时，满脸的皱纹绽放成灿烂的菊花。

不远处，父亲正在砍白菜，手起刀落，一颗颗胖墩墩的白菜就被砍了下来，整齐地码放在地上，青翠的叶片在阳光里泛着饱满的光泽。父亲一脸欣慰地说：“今年的白菜收成好，留下自家吃的，还能卖好几百块钱呢，把这块地翻一下，再种点小萝卜、芫荽、蒜苗……”父亲挥舞着手臂，颇有指点江山的气势，爽朗的笑声里，有安然的满足。

看得出来，父母很享受现在的生活方式，耕耘劳作，养鸡养鸭。他们一辈子生活在这个村庄里，守着脚下的泥土，劳动着，快乐着，早已形成了自己的节奏，活出了自己的样子。这是属于他们的最舒服的空间，也是他们最喜欢的生活方式。

我当即释怀了，打消了接他们去城里生活的念头。人生在世，哪有什么特定的生活方式，候鸟有候鸟的征途，留鸟有留鸟的幸福，在自己舒服的节奏里，从容充实地生活，便是最好的生活方式。

人生底色即是冬

“落水荷塘满眼枯，西风渐作北风呼。黄杨倔强尤一色，白桦优柔已半疏。”伴着阵阵寒意，瑟瑟北风，冬踏着厚厚的落叶，大步流星地走来了。所到之处，万物褪尽繁华与喧嚣，不再有半点遮掩，露出事物最本真的样子。

作家冯骥才说：“每每到了冬日，才能实实在在触摸到岁月。”是的，四季之中，没有哪个季节比冬天更真实，也没有哪个季节比冬天更能呈现出生命的底色。

冬天的底色是静默。空阔旷远的原野上，一排排树木迎风而立。槐树、水杉、梧桐树和楝子树，它们曾经蓊郁的叶子早已失去水分和颜色，从枝头坠落，跌入泥土里，只留下光秃秃的枝条与北风斗舞，发出微微的呜叫声。一顶顶树冠从容地着指向天空，万千枝条俱呈向上的姿态，默默释放出升腾的力量。

远处的麦田也静默着，深绿的茎叶在阳光里沉睡着，看似毫无生机。其实，它们沉睡的身躯里，却藏着运动的灵魂。每个灵魂都在彻骨的寒意里积蓄着力量。等到春回大地时，拔节生长，怒放生命。静默不是静止，而是繁衍着生生不息的希望。

冬天的底色是柔韧。在冬天，梅花是不可不提的。天寒地冻的时节里，百花凋零，唯有梅花却在严寒里伸展着筋骨。它枯瘦的枝条苍劲有力，星星点点的花苞缀满枝头，一点粉，一点红，含情脉脉，把一方天空衬得明艳无比。似乎只要一夜冰凝霜结，这些花苞苞便竞相绽放了。清冷俏丽的花朵饱蘸霜雪，傲然在天地间，似急急地敲着生命的锣鼓，把“凌寒独自开”的坚韧演绎得惊心动魄。

自古文人墨客多爱梅，大抵是因了它的性情，在繁花似锦的春光里躲过喧嚣，淡泊名利；在无人问津的暗夜里耐得住寂寞，不甘沉沦；在艰难困苦的环境里刚柔并济，生机勃勃。

冬天的底色是接纳。严冬里，风雪交加是常有的天气。前几日明明天气晴好，人们还能坐在土墙边晒太阳，无比惬意，怎知一夕间便冷到巅峰，寒风呼啸，大雪漫天。天地之间一片苍茫，鸟禽走兽没了踪迹，冷风裹着细碎的雪粒打在脸上，像刀割一样，生疼，路上的行人也少得可怜。

这样的景象是“千山鸟飞绝，万径人踪灭”的孤寒。环境已是如此，人唯有调整心态，要么有“身披蓑笠，独钓寒江雪”的潇洒，要么有“拥毳衣炉火，湖心亭看雪”的豁达，方能含笑接纳人生的无常。

季节的底色是由繁华到简单，人生的底色又何尝不是呢？在冬天里修行，在修行里成长，在成长里加深人生底色的厚度和宽度。只要初心依旧，你就会有独一无二的精彩。

等一朵花开

午后，七岁的儿子帮忙收拾厨房。忽然，他惊呼：“妈妈快看！”我顺着他手指的方向望去，原来角落里多了一簇碧绿。那是前几日被我随手丢在碗里的半颗油菜，想不到它竟然悄悄地长了新的茎叶。

儿子把它捧在手里甚是欢喜：“妈妈，它会开花吗？”我想了一下点点头：“会吧。”儿子顿时欢呼起来：“太好了，我们在家就能看油菜花了！”听完儿子的话，我脑海里闪过一团团金黄的花蕊，风情无限。我和儿子小心翼翼地将它移植到闲置的花盆里，又细细浇了水。一天、两天、三天……我满怀希望地等待着，一有空闲便去看两眼，只盼着它绽放出娇艳的花朵。可那株油菜仿佛吃了定型丸，一直保持着最初的模样，细嫩的叶子看似十分脆弱，仿佛风一吹就会折。

等了几日不见它明显地生长，我便打算放弃了。儿子却不依，他说老师说的油菜喜欢阳光，要把它放在阳光里。于是，他又把它搬到阳台的花架上，那里阳光柔和，春风和煦。在这样好的春光里，油菜从两三片小叶子增加到五六片，苔茎也渐渐粗壮，青翠欲滴的叶子越发蓬勃。这样过了一日又一日，油菜始终没有要开花的迹象，我想，它大约是不会开花了吧，儿子却不气馁，依旧耐心地关照着它。

这两日，我发现儿子总是满脸微笑地看着那株油菜，嘴里还嘀嘀咕咕说些什么，我好奇地问他在干什么。他抬起头看着我，认真地回答：“我在告诉它别着急，慢慢来，它一定会开出最美的花。”或许油菜听懂了儿子的话，它铆足了劲去生长，叶子越来越宽大丰满，苔茎越来越挺拔粗壮，微风袭来，绿叶随之舞动，一派生机勃勃的景象。

清晨，阳台上传来儿子的惊呼声：“妈妈，快看！油菜开花了！”我过去一看，不知什么时候，油菜竟神采奕奕地撑出一撮撮花苞，在春风里嬉戏，热闹旖旎。那株没有被儿子放弃的油菜真的开花了，它们迎着阳光怒放，朵朵溢彩，美得一点儿也不含糊。金黄的花蕊绽露着欢颜，仿佛在说，你看，我终于开花了。儿子欣喜雀跃，将小脸贴近油菜花，开心地夸它：“你太棒啦！”

儿子的小脸被油菜花映得分外夺目，我愣在那里，若不是儿子的坚持，这颗油菜早被我丢进垃圾桶了，哪会有机会开出这样明媚的花朵。我为儿子的耐心鼓掌，也为自己的心急愧疚。成年人的耐心远不如孩子，我们大都是急于求成的心态，付出就要收获，恨不得今日的努力，在明天就能结出硕果。我们看重结果，却忘记了辛勤耕耘、静待花开的道理。

看过油菜花，儿子继续回书房练字。他的成绩平平，字写得更是一塌糊涂，横不平竖不直，像一群喝醉的蝌蚪游到了本子上。为此，我给他报了硬笔书法班，又买了大量的字帖，让他临摹。几个月下来，我并未看到他有多大进步。因为这件事，我不止一次地斥责他不用功，可他总是委屈地辩解，说自己每天都很努力地练字了。此刻，他正在临摹纸上专注地写着，每一笔，每一画，都力求完美，小小的身影像极了阳台上那棵倔强的油菜花。

我幡然醒悟。原来，不仅等一朵花开，需要很多的耐心，养育孩子也是如此。在孩子成长的路上，身为父母的我们要温柔相伴，不急不躁，满怀爱心地等待着生命的成长。

开花的仙人掌

去闺密家蹭饭，酒足饭饱后，她将我拉到阳台，说这段时间经常出差，要将自己的花托付给我来养。我打量了一圈，阳台上哪有什么花呀，只有一盆丑兮兮的仙人掌。或许是许久没有浇水的原因，盆里的泥土已经干裂，它皱皱巴巴的身子卷曲着，蔫头蔫脑，一副半死不活的模样。

我开玩笑地对闺密说，还是丢了吧，你看它都要枯死了。闺密听后冲我翻了个白眼说："仙人掌哪有那么脆弱，你好好养，它还会开花呢。"我摇了摇头，心想就它还能开花？太难了，能活着已是它的运气。虽然我对闺密的话表示质疑，但看在我多次在她家"蹭饭"的分上，我还是将仙人掌带回了家。

我把这盆仙人掌放在窗台上，给它重新填了土，又浇了浇水，认真打理了一番。但随着工作的忙碌，我很快将它遗忘了。等再想起它的时候，它已经变得枯黄瘦瘪，似乎已经死了。我愧疚地将它扔到墙角，彻底放弃了它，打算等闺密回来时向她"负荆请罪"。

一晃两个月过去了。那天，我不经意间瞥见墙角一簇绿色。那绿色富有朝气，灵动喜人。定睛一看，竟是被我放弃的仙人掌。它原来枯瘦的身躯茁壮了许多，挺得笔直，正默默无声地沐浴着阳光。想来，是期间下过几场雨的缘故，它才得以“起死回生”。我走向前去，围着它看了又看，它的枝茎顶端冒出了几个花苞，那些花苞奋力地绽放着，它真的开花了！金黄的花朵展着欢颜，明艳热烈，它的光彩，惊艳了整个小院，连空气里都布满了欣喜的味道。

那一刻，我的心一震。难以想象，在被我抛弃的日子里，缺少水分养分，它是怎么熬过来的。也难以想象，它瘦小的身子在倾盆大雨里怎样地挣扎，一次又一次。我从未想过仙人掌生命力如此顽强，虽说被冷落，被遗忘，它却从未放弃自己。在风吹雨打中，在无人问津的日子里向阳而生，努力绽放。这让我想起了生活里的一些人，命运对他们千锤百炼，他们却从未放弃，拼命挣扎。

我的发小小秋自幼与奶奶相依为命，家境贫寒。奶奶常年吃药，实在供不起她读书，她忙完家里的活便偷偷溜到学校听老师讲课。我的位置靠着窗户，一转脸就能看到小秋踮起脚尖趴在窗台上写字。她用手指一笔一画地写，温暖的阳光给她镀上了一层金色。打猪草的时候，她就用树枝在泥土里写，极为认真。

后来奶奶去世了，小秋便跟着村里的人去了很远的城市打工。走之前，我们在屋后的小河边并排坐着，谁都不说话。看着我担忧的眼神和欲言又止的模样，小秋说了一句颇有哲理的话。她说：“我不相信困难会压死倔强的生命。”再后来关于她的消息，都是从旁人嘴里听到的，零零碎碎，不好不坏。

去年回家过年，我与小秋意外相逢。她穿着一件正黄色的大衣，白皙的脸上扬着自信的笑容。若不是她唤我，我都认不出她就是当年的小秋。我问她：“秋，这些年很辛苦吧。”她莞尔一笑说：“再苦也过来了，那些年我边打工边自学，现在已经考取了心仪的专业，有了一份不错的工作，老公也很贴心。”她还说：“当年谢谢你。”我笑，她也笑。

邻里间聊起小秋，总会感叹一句，谁能想到这丫头出息了呢，不容易啊！

逆境开花，何尝容易。

那些在残奥会上的运动健儿，又何尝不是逆境开花呢。游泳运动员王李超，这位失去双臂的游泳选手，总是利用头部完成每一次触壁。这个动作不仅危险，而且存在着很大的劣势，可他依然获得了宝贵的银牌；轮椅乒乓球运动员张岩，从2000年开始进行轮椅乒乓球训练。二十一年来从未松懈，转动轮椅的手布满老茧。“单腿骑士”梁贵华四岁时因意外左腿残疾，他凭着顽强的毅力学习专业的自行车，曾在2012年打破世界纪录获得金牌……这些运动健儿身残志坚，没有向命运低头，而是不屈不挠地拼搏，最终大放异彩。

我终于明白：人啊，什么时候都不能放弃自己，就像这盆仙人掌，在逆境里选择坚强，最终开出耀眼的花来。我开始对仙人掌另眼相看，将它移到新的花盆里，并放在院子里显眼的位置。

小火慢熬南瓜粥

小区旁新开了一家粥铺，门前的广告牌上赫然写着几个大字：招牌南瓜粥。小时候，在所有的粥里，我最爱吃的就是祖母做的南瓜粥。因此，看到“南瓜粥”三个字，我心中涌起了一股莫名的亲切感，就像遇到了故人，总要进去打声招呼，心中才会踏实。

于是，我走进粥铺，点了一份南瓜粥。不一会儿，服务员就把一碗热气腾腾的粥端到了我面前。看着这碗金黄色的南瓜粥，我心里充满了期待和回忆。遂拿起勺子，欢喜地舀起一勺南瓜粥，送进嘴里品尝。刚咽下去，就不禁微微皱眉。不知为何，这粥吃起来很怪异。大抵是因为火候的问题，一碗粥里，米是米，南瓜是南瓜，根本没有融合到一起。我坚持吃了几口，但终究，还是剩了大半碗。

我便愈加怀念祖母的南瓜粥了。祖母做得一手好饭菜。她能把南瓜做出各种花样来。炒南瓜丝、炸南瓜条、炖南瓜块、蒸南瓜饼……还有我百吃不厌的南瓜粥。

记忆里，南瓜是长在我家屋后的。快到饭点的时候，祖母就会去屋后摘南瓜。她站在南瓜秧旁，左挑右拣，挑出个胖娃娃般的南瓜。紧接着，祖母把摘回来的南瓜剖开，取出南瓜籽，再把南瓜切成均匀的小块。

清洗干净后，跟大米一起倒入锅中，加冷水，点火煮粥。煮粥的时候，外婆无比耐心，她一点一点地往灶膛内添着柴火，一圈一圈地搅动着粥，有条不紊。

馋嘴的我，却是没有耐心等的。我围在灶台前，看着膛里的小火苗，干着急。一遍一遍催着祖母，加点柴火吧，把火烧旺旺的，粥就会快快熬好的。祖母伸手刮一下我的小鼻子，说："傻孩子，小火熬煮，南瓜的甜味就能跟大米的清香融入一起，这样煮出来的粥，才更有滋味，生活也是一样。"那时，我并不能理解这句话的含义，但却耐下性子，等小火将粥熬制浓稠、金黄，继而，散发出香甜的气息。

时间一分一秒地过去，粥终于煮好了。祖母把盛好的粥，端到餐桌上，南瓜的清香跟大米的糯香瞬间溢满了屋子。我拿起勺子，迫不及待地吃了起来，一口接着一口，直吃得肚子滚圆才罢休。

想到这里，我忽而有了煮粥的念头。从粥铺出来，我转身去市场买了南瓜，准备自己动手，煮一锅清香甜糯的南瓜粥。爱人下班回来的时候，我正在厨房按照祖母的方式煮粥，小火慢煮。他洗了把手，就到厨房帮忙。粥在锅里"噗噗"地响着，南瓜粥的香气在厨房里弥漫开来。我跟爱人不约而同地看看粥，再看看彼此，相视而笑。

这一刻，我的心里绵延出无尽的感动来。原来，俗世里的幸福，就是在小火慢熬的烟火里，滋润出来的。我终于明白了祖母那句话的含义，南瓜粥需要小火慢熬才有滋味，而生活，也只有经过时间的沉淀和等待，才能真正的温暖和踏实。

冬日有书不觉寒

午后的阳光，暖暖的，这是冬日里难得的好天气，适合晒被子，亦适合晒父亲的那些“宝贝们”。

父亲的宝贝既不是奇珍异宝，亦不是绫罗绸缎，而是满满一大箱子的书。这些书因年代久远，纸页早已泛黄、皱折，字迹也变得模糊，可父亲却舍不得丢掉，宝贝似的收藏着。待到天气晴好的时候，他把那些书，一本一本展到太阳下晒。

我幼年时便知道，父亲爱读书，好读书。去地里干活，别人挎的篮子里装的是饼子，是白开水，而父亲的篮子里总会比旁人多一本书。田间休息的时候，人家要么打个盹，要么几个人凑在一起聊些家常，父亲却不。他常坐在地头上，一边啃着饼子，一边埋头看书，一脸陶醉。有人不解，问他：“你又不考大学了，何必再看这些书。”父亲笑笑，说：“书能给人力量。”能给人什么力量呢，书又不能当饼子吃，我不懂，大家也不懂，久而久之，也不再有人问他了。

那时，家里的日子艰难，生活的担子都落在父亲肩头，他有干不完的农活，打不完的零工，根本没有多少时间用来看书。有时，父亲下工回来会翻上几页，可繁重的农活透支了父亲的体力，他经常会捧着书睡着。这时，母亲就会轻轻地抽走他手里的书。被惊醒的父亲总会轻轻叹口气，说："等到冬天就好了。"冬天是乡下最清闲的时光，也是父亲最喜欢的季节。因天寒地冻，没有什么农活，父亲才有大把的时间用来读书。

寒冬腊月，凛冽的北风卷着鹅毛般的大雪嘶吼，大树小树落光了叶子在风里瑟瑟发抖，真冷啊。屋里的炉子早就生着了，棉衣也上身了，可身上还是透着冷意。晚饭过后，我们一家围在炉子跟前。母亲缝补衣裳，父亲埋头看书，而我烤红薯，烤花生。过完嘴瘾，我便没了兴致，一个劲地嚷嚷冷。母亲看着我，说："炉火这么旺，怎么还冷，这可怎么办。"父亲将脸从书本里抬起，寻思了一下说："冬日有书不觉寒，我给你找些书来。"

说着，他起身，开始翻箱倒柜，终于找出一套连环画册给我，是《西游记》。那时，我识字不多，但也看懂了大概。里面的故事实在太精彩了，我看得入了迷，再也没有嚷嚷冷。从那时起，我也跟父亲一样爱上了读书。因此，父亲买书的时候，我都会跟着去挑一些我喜欢的小人书。

后来，读书这个爱好一直伴随着我。成年后，我成了"北漂"一族，一开始租住在没有暖气的地下室里。冬天的时候，屋里冷，杯子里的水都能冻成冰。同村的几个女孩子受不了这样恶劣的环境，回了老家。只有我坚持下来了。那时，我常常从图书馆里借了书，下班带回地下室读，竟也在书香的陪伴下熬过了几个严冬，过上了"小荷已露尖尖角"的欢喜日子。

随着年岁的增长，阅历的增加，我亦是明白了父亲曾说过的那句话："书能给人力量。"的确，书不能当饭吃，但它是精神的食粮，让灵魂积蓄更多的力量，来抵御生活里的重重磨难。而冬日读书，更接近自己的内心，苦中作乐，读着读着，心便暖了。

暖暖烟火

柳哨声声是童年

周末，我和儿子陪母亲去村外散步。刚到村口，就听到“咻咻—咻咻”的哨声在空中回荡，一声接着一声，时长时短，清脆悦耳，让人蓦然欢喜。不必猜我也知道，这是柳哨发出来的声音。

这个时节的柳枝用来做柳哨最好了。早几天，柳皮太嫩，它紧紧贴着柳骨，轻轻一拧，就裂开了；晚几天，柳皮又老了，轻易是拧不下来的，就算费劲巴力地把它拧下来，也做不出音色上乘的柳哨了。除此之外，柳枝的粗细也很重要。太粗了，吹出来的声音瓮声瓮气，很是沉闷。太细了，吹出来的声音又尖又细，极为刺耳。因此，做柳哨的柳枝要选粗细适中的才好。

我们循着哨声前行，果不其然，在柳树林里，一群孩子正在玩吹柳哨的游戏。他们人手一个柳哨，你吹我也吹，比谁吹的声音最响亮，比谁吹的声音最悠长，玩得不亦乐乎。

在我的记忆里，有着一个又一个吹着柳哨的童年。

五六岁的年纪，我跟着祖母摘柳芽。许是怕我捣乱，一到柳树林，祖母就先放下篾篮，伸手折根柳枝给我做柳哨。她先用刀子把柳枝截成小段，捏在手里熟练地拧转树皮。祖母边拧边教我唱童谣：“东风里，柳枝摇，折根柳枝做柳哨，你也吹，我也吹，吹出五彩万象春……”一首童谣没唱完，柳哨就做成了。我把它含在嘴里，轻轻一吹，就会发出“咻咻”的响声。就这样，祖母在前面摘柳芽，我在后面吹柳哨，各自欢喜。

八九岁的时候，正是贪玩的年纪。放了学，顾不得回家，就约上小伙伴一起往柳树林跑去。到了那里，把书包往地上一扔，噌噌噌就爬到了树上。这时候，每棵树上都挂着三四个孩子。不会爬树的孩子就围在树底下喊着：“给俺们折根好的呀。”树上的孩子趴在树杈上，看看这根，再捏捏那根，直到挑选到称心的，才眉开眼笑地折下来，扔下去。

对于做柳哨，孩子们都有无师自通的本领。拧一拧，转一转，抽出柳骨，把柳皮管捏扁，用牙轻轻咬几下，就大功告成了。先做好柳哨的孩子很是神气。在大家羡慕的目光里，他把柳哨含在嘴里，轻提丹田气，吹出欢快的哨声。紧接着，又一个孩子的口哨做好了，再接着，大家的口哨都做好了。我们把各自的柳哨含在嘴里，鼓着腮使劲吹，根本停不下来。清脆悦耳的哨声，高低起伏着，一串一串回荡在山野间，满世界都溢满了孩童的欢乐，简单纯真。

“咻咻”一声洪亮悠长的哨声将我的思绪拉了回来。回过神才发现，不知什么时候，身旁的儿子已加入吹柳哨的队伍里了，正在柳树林里撒欢呢。母亲说：“你小时候，比他玩得还疯呢，常常是只见哨声，不见人影……”

看着眼前的景象，我与母亲相视一笑。春风杨柳万千条，柳哨声声是童年。没有柳树的春天不叫春天，没有柳哨的童年缺少了多少乐趣呀！

一只猫的温暖

我“北漂”的时候，养过一只叫“小白”的猫。虽然不是什么名贵的品种，但在我心里却是最珍贵的。

第一次见它，是在房东的院子里。我去借东西，它正在花丛里跳着扑蝴蝶。小小的一只，不过两三个月大小，浑身雪白，俏皮可爱。房东阿姨说，家里的母猫下了五只小猫，就数小白最调皮。

哦，原来它叫小白啊。我轻轻唤了声：“小白。”它好奇地看着我，并不害怕，而是奶声奶气地叫了两声，便蹒跚着跑到我脚边。我蹲下身，伸手抱起这个小毛球。它也不挣扎，只是昂着小脸，“喵喵”地叫着，像是跟我打招呼。见我喜欢，房东阿姨笑着说：“你俩还挺有眼缘呢，你要喜欢就抱走吧，我正愁着怎么送人呢。”想着一个人的屋子确实有些孤单，我便领养了小白回去。

回到家里，我用纸箱子给小白做了个小窝，里面铺上柔软的垫子，又找来碟子，给它倒了些牛奶，一人一猫就组成了一个家。

初到新家的小白，似乎对家里的每一个角落都充满了好奇。从柜子到沙发，再到书桌……它在这些家具底下探险般地钻来钻去，除了沾染一身灰尘，还能发现新的小乐趣。

有一次，我躺在床上看书，突然听到床底下传来一阵奇怪的声音。我放下书，低头一看，原来床下有一根棉线。小白把它当作了猎物，一会儿扑过去抓着它又啃又踢，一会儿又躲在床脚，探头探脑地盯着它，似乎要弄清楚这个猎物到底是什么。见它憨态可掬的样子，我忍不住笑出声来。

还有一次，我在卫生间洗衣服，小白突然闯了进来。它好奇地观察着洗衣盆里的肥皂泡，然后小心翼翼地伸出一只爪子，试图触摸。结果，它的爪子刚碰到泡泡，泡泡就破裂了，吓得小白立刻把爪子缩了回去，小心翼翼地蹲在一旁。许是它觉得没什么危险，就再次将爪子伸向了肥皂泡，一下又一下，竟渐渐玩出了兴致。至此，只要发现我在洗衣服，它就围在一旁打转转，一看到肥皂泡泡，就立即挥舞起爪子，兴奋地拍打个不停。

不探险的时候，小白就追逐着自己的影子玩。它在有光的地方走来走去，看着自己的影子跟着动，它就蹦来跳去，试图抓住自己的影子，可怎么抓也抓不住。随后，又一脸茫然地四处张望。若是看到我在一旁，它就歪着头叫几声，仿佛是在等我答疑解惑。这让我想起了小时候，自己也曾追逐过自己的影子呢，心中不免欢喜。

其实，小白不光调皮，也很温暖。

记得有一次，公司加班。下班的时候，已是深夜。我自幼最怕走夜路，如今，环顾四周，一个行人也没有了。只有迎面的寒风，夹杂着我“咔嚓咔嚓”的脚步声，一瞬间，恐惧感就袭满了全身。

忽然，在胡同的拐角处，有一团模糊且熟悉的黑影向我移动。我试探地唤了声小白，它立马窜到我脚边，撒娇般“喵喵”地叫了两声。我赶紧将它抱进怀里，作为回应，小白用头蹭了蹭我的掌心。那一刻，一股暖流涌上心头。在这样漆黑的夜晚，有一只猫等我回家，是一件多么幸福的事啊。

后来，因为工作原因，我离开了北京。临行前，我把小白托付给了房子的新租户。那天，我拉着行李在前面走，小白就在后面追。直到走到胡同的拐角处，它才停了下来，蹲在一块石头上，目不转睛地看着我。我摸摸它的头，想跟它说声再见，还未开口，泪就流了出来。

我想，我应该跟小白说声谢谢的。谢谢它陪在我身边，卸去了我的疲惫，治愈了我的孤单，让我在陌生的城市里，拥有了一段美好的时光。

那只叫花豹的狗狗

上街买菜，偶遇一只流浪狗，棕黄的毛皮上夹杂着黑色斑纹，像一只落魄的小豹子在街头徘徊。我不由地停下脚步，下意识地唤了声：“花豹”。它好像并不怕人，摇着尾巴跑到我身边转来转去，这边闻闻，那边嗅嗅。我怔怔地望着它，思绪穿过城市的拥挤和漫长的人群，我看见了少年的自己和那条名叫“花豹”的小狗。

第一次遇见花豹，是在外婆的院门外桂树下。它又瘦又小，浑身脏兮兮地趴在门口，漆黑的眼睛充满恐惧。见有人过来，它奶声奶气地叫了几声，声音有气无力。我看着它无助的样子，动了恻隐之心，央求外婆收养它。我把它抱回了家，给它洗澡喂食。吃饱喝足的小狗欢实起来，在院子里跑来跑去，豹纹状的毛色在阳光下闪闪发亮，甚是可爱，我便给它起名叫“花豹”。自此，花豹便成了家中的一员，我也多了一个玩伴。

我帮外婆打扫院子的时候，花豹就在一旁跟着，把地上的盆盆罐罐叼到不碍事的地方，等我打扫干净后，它又将盆子放回了原位。它有时也很淘气，经常在院子里追着鸡飞鸭跑。但在我写作业时，它便不闹腾了，乖乖地趴在地上，小心翼翼地看着我，唯恐打扰了我学习。等我写完作业，它又恢复了活泼，围着我又蹦又跳的。

外婆说："狗是很通人性的一种动物，你对它好，它便会拼了命地保护你。"

九岁的那年，外婆过寿，家里来了好多亲戚。为了方便做饭，大人们便在院子里架了一口大锅烧火做饭。胖嘟嘟的饺子在锅里翻滚着，我跟一群孩子在院子里追逐打闹着。那会儿刚下过雨，地上湿滑，一个趔趄，我的身子直冲那口大锅撞去，大锅从灶台上翻了下来。电光火石的刹那，花豹飞扑过来，滚烫的开水扣到了它身上。惊魂未定的我转身去看时，花豹左侧的身子露出一片片触目惊心的红肉。外婆赶紧拿冷水给它清洗，花豹趴在地上，身子颤抖着。我吓得不知所措，蹲在它身边哭着。花豹伸出舌头舔着我的手，仿佛在安慰我：别怕，没事了。

在我和外婆的精心照顾下，花豹的烫伤渐渐愈合，可是伤口处脱落的毛再也没长出来。每每看到它的伤痕，我都自责不已。后来我去城里上学了，每次放假回来都能看到它在村口徘徊，远远看到我就欢天喜地飞奔过来，在我身上蹭来蹭去。外婆说，我在家的时候，花豹都能多吃半盆饭呢。

我工作那年，花豹十六岁了，它已经走到了暮年。那天外婆打电话说："有时间回来一趟吧，花豹吃不下东西了。"我跟领导请了假往回赶，这次的村口没有了花豹等待的身影。它蔫蔫地趴在院门外的桂树下，我心里一紧，轻轻唤了声"花豹"。它费力地睁开眼看着我，混沌的眼睛燃起了亮光。我将它抱在怀里，它低声呜咽着，眼角有泪水缓缓流下。

外婆说："它突然就不行了，走不到村口了，就非要趴在这树下，也许是为了等你，当年你就在这树下捡的它。"花豹就那么看着我，目光里满是眷恋与不舍，它慢慢地，慢慢地闭上了眼。过了许久，我才含泪将它埋在了那棵桂树下。

此时正是桂花盛开的季节，那棵桂树一定开得烂漫热闹，密密匝匝的花瓣也会落在花豹躺着的泥土上。恍惚间，我又看到了它幼小时的模样，黝黑的眼睛，怯生生的眼神，奶声奶气的叫声。

这些年，我再也没养过狗。可是，看着这个酷似花豹的流浪狗，我竟然萌生了带它回家的念头。我蹲下身，掏出菜篮子里的火腿肠，递到了它跟前。它抬眼与我对视，眼神清澈，毫无戒备，我的眼睛再次湿润了。

球球的“快意人生”

球球是闺密送我的一只橘猫。她因工作调动，去了外地，就把球球托付给了我。可是，我工作忙，又要经常出差，哪有精力和时间去照顾球球呀。思来想去，决定把它送回乡下老家。

我父母在乡下种了一片樱桃园。平日里，他们就在那里生活，养一只小狗，喂几只小鸡，自在又悠闲。想来，球球在那里也能得到很好的照顾。

于是，趁着周末休息，我将球球带回了乡下的樱桃园。刚到樱桃园的球球，很像“刘姥姥进大观园”，它打量着周围的环境，看看这个，碰碰那个，一副跃跃欲试的模样，既好奇又紧张。

球球自小生活在城市里，吃昂贵的猫粮，睡松软的小窝，玩精致的玩具，一直过着“锦衣玉食”般的日子。本以为，它很难适应乡下的“粗茶淡饭”，谁知它一点儿都不挑食。猫粮吃完了，母亲就给球球喂些剩饭。不管是半个鱼头，还是一块饼子，它都吃得津津有味。再后来，它学了一身捕食的本领。自己在草丛里跑来跳去，又是抓昆虫，又是追蝴蝶，很快就能填饱肚子。

自从球球来到了樱桃园，这里就经常上演追逐与奔跑的大戏，甚是热闹。当然，这样的大戏，往往都是由球球挑起的事端。

比如，球球看到在草地里嬉戏玩耍的小鸡时，就会蠢蠢欲动，想方设法地去偷袭。然而小鸡也非常机灵，它们一旦察觉到球球接近，就飞快地四下跑开了。又或者，它趁着园子里的小狗睡觉的时候，去招惹人家。它先是用肉嘟嘟的爪子把玩狗子的尾巴，见狗子脾气好，不屑于理自己，它干脆跑到狗身上玩耍，一次又一次，非得把小狗惹恼了，才罢休。于是，狗追猫逃，再次拉开了一场追逐大戏。

常言道："不打不相识。"这样几个回合下来，球球竟跟它们成了好朋友。有一次，一只野猫溜进了园子，趁人不备，叼起一只小鸡就跑。球球听到动静，一个箭步冲上去，挥起它的"佛山无影脚"，跟野猫扭打了起来。虽说球球个头不大，但气场很足，雄赳赳气昂昂，连挠带咬，吓得野猫丢下小鸡就逃开了。至此，球球就成了小鸡们的保护伞，再也没有野猫敢进来捣乱了。

在樱桃园里，球球也有自己一方小天地，那就是樱桃树。花开的时候，它在花枝间穿梭，徜徉，一会儿抓着花枝荡秋千,一会儿又顺着树枝从这棵树溜到那棵树，玩得不亦乐乎。等到樱桃结果的时候，球球就忙了起来，它化身守护樱桃的小卫士，蹲在树上，左看看右看看，赶走一拨又一拨的"小偷"。不过，有时候球球也会"监守自盗"。只要发现树下有觅食的小鸡，它就会将樱桃抓下来，扔给树下的小鸡们吃。到了夏天，狗和鸡都热得不愿动弹。球球便会爬到树上，很聪明地寻一处枝叶繁茂的枝干，趴在那里，或乘凉小憩，或眺望远处的风景，惬意得很。

我不得不佩服球球，看似娇弱的它，却能很快在新环境里找到自己喜欢的生活，开启它的"快意人生"。仔细想来，人，有时候就是想得太多，才缺乏了像球球一样的无忧无虑。倘若我们的心思能够简单一些，说不定也会有属于自己的"快意人生"呢。

荠菜青青慰乡愁

菜市场门口，来了一位挎着篮子卖荠菜的阿婆。她热情地招呼着过往的人："买点荠菜吧，刚从山野里挖来的。"闻声，有人围了过去，挑挑拣拣。我也停下了脚步，目光落在那一篮子的绿上。

恍恍惚惚地，就看到一棵一棵的荠菜，在早春的清寒里铺陈开来，漫山遍野都是它们的身影，浩浩荡荡着。它们用青青的身躯，丰盈着春天的底色，也犒劳着人们的味蕾。

每年的正月里，老家的人们就开始相约着去挖荠菜了。他们三五个一群，挎着篾篮，带上小铲，行走在山野里，眼光追着荠菜转。荠菜喜欢扎堆儿生长，往往发现了一棵，周围就是一大片。人们蹲下身，笑嘻嘻地将一蓬蓬肥硕的荠菜挖了下来，抖落泥土，欢喜地装进了篮子。用不了多久，就能挖满一大篮子。

幼年的时候，我们孩子常跟着大人去山野里帮忙挖荠菜。说是帮忙，其实就是找个由头撒欢去。一群孩子追追赶赶，沿着河岸跑，沿着田埂追，总免不了摔几个跟头，蹭一身的泥土。自家大人看见了，也不恼怒，笑着嗔怪一句："臭孩子，屁股又痒痒了吧，今天看在荠菜的面子上，就饶了你。"此刻，我们如同得了"尚方宝剑"，越发地调皮起来，拿了大人手里的铲子，挖几棵荠菜，再挑几块石头，趴在地里玩起了过家家，兴奋得不得了。直到大人们一再催促，我们才恋恋不舍地往家走。

荠菜挖回来后，就等着祖母做各种美味了。用来凉拌，焯水后切成小段，调入蒜泥等佐料，再淋上几点香油，清新爽口；或者买一块豆腐与它一起，倒入锅里，煮一锅荠菜豆腐汤，香气四溢；又或者细细剁碎，配几个鸡蛋，做荠菜鸡蛋饺子，更是人间美味。

祖母常做的是荠菜酱。她挑选出鲜嫩的茎叶，洗净，控干水分，放进早已备好的石臼里，一下一下地捣碎，再加入精盐、白糖、姜末、辣椒等拌匀，最后装入瓦罐里封存腌制。腌制的荠菜酱易保存，能吃大半年呢。记得有一年夏天，受高温炎热的影响，家里人食欲不振。祖母便盛出一碗放到餐桌上，荠菜的清香和春天的味道扑面而来，瞬间就勾起了大家的食欲。你一筷子我一筷子，很快，一碗荠菜酱就被吃了个精光。至此，这道菜便成了我家餐桌上的宠儿，也成了我念念不忘的美味。

《舌尖上的中国》里说："人们懂得用五味杂陈形容人生，因为懂得味道是每个人心中固守的乡愁。"这些年，我单枪匹马地去闯荡生活，脚步离故乡越来越远，但对荠菜的情感越发深厚起来了。

我买了一兜荠菜回家，学着祖母的样子清洗、捣碎、腌制在一个大玻璃瓶里。看着眼前的这一瓶子青绿的荠菜酱，我仿佛回到了幼年的时光里。我知道，等到荠菜酱腌制好，故乡的味道就会在我舌尖绽放，慰藉着我满怀的乡愁。

一纸窗花

朋友去河北蔚县，给我带来了一套精美的宣纸窗花。传统的大红颜色，鲜明的民俗韵味，红红火火，吉祥喜庆，每一张都浸透着浓浓的年味儿，很是应景。我欣喜不已。

对于窗花的记忆，如刀削斧刻般深刻。在我的老家，从进入腊月起，人们便开始张罗年事了。祭神祭祖，掸尘，蒸馒头，写春联，剪窗花，一个村庄都是喜气盈盈的，而最让人期待的就是剪窗花了。

那时候，剪窗花是很重要的一件事。村里的婆婆们会剪，新娶的媳妇会剪，待嫁的姑娘也会剪。印象里，全村的女人都会剪窗花。我外婆是剪窗花的高手，她曾手把手地教过好多人，有我的母亲，也有街坊的姑娘们。

每年过完腊八节，村里的小媳妇大姑娘们总爱往我家跑。她们围在外婆身边，目不转睛地看着外婆剪窗花。只见外婆把一张普通的红纸，折折叠叠，然后拿起剪刀，一路蜿蜒曲折，前面剪几下，后面剪几下，再撑开，一朵漂亮的窗花就成型了。红梅报春，喜鹊登枝，鱼儿闹莲……一朵朵窗花在外婆的手里绽放，枝枝叶叶，饱满丰盈；花鸟鱼虫，栩栩如生。

一旁的人赞叹不已，这个请教技巧，那个追问秘诀。外婆边做示范边说：“剪窗花一是不能心急，要耐着性子静下心来去剪，才能做到千剪不断；二是剪的时候，心中要有热爱，要把对生活的期盼和念想凝聚在裁剪上，剪出来的窗花才会玲珑剔透。”大家安静下来，盘腿坐在炕上，按着外婆的示范折纸，裁剪，神情专注。她们手握剪刀，轻转红纸，时而蹙眉，时而微笑。剪刀在纸上游走，发出沙沙的响声，悦耳动听，像一首古老的曲调，吟着岁月的安宁。

到了腊月底，年货备好了，窗花也剪好了。大家挑个晴好的天，把窗户上泛黄的窗纸揭下来，用抹布擦干净窗棂上的尘土，重新糊上一张雪白的新窗纸，抵御寒气。新糊的窗纸太白了，白得令人心慌。这时候，拿出红彤彤的窗花贴在上面，一团团，一簇簇，如娇艳的花朵盛开在阳光里，生机勃勃。苍白的窗纸瞬间红光闪耀，整个院子都鲜活光亮起来了。龙凤呈祥，年年有余，五谷丰登，丰衣足食……每一朵窗花都饱含着人们对未来沉甸甸的希冀，承载着人们对美好生活的寄托，也烘托着新年的气氛，渲染着新年的喜悦。

外婆说，窗花是新年的红唇。如果一个新娘子，穿了红裙，绾了发髻，打了腮红，却独独没有画上鲜艳的红唇，怎么看都会少了几分芳华。因此新娘子要画红唇才娇艳，过新年要贴窗花才更讨喜，更有年味儿。

多少年过去了，我家的房子从石头房，换成了瓦房、楼房，而窗户也从木头格子的换成了明亮的大玻璃窗。但每年过春节贴窗花的习惯一直保留着，年年如此。不过，我没有学会剪窗花，每年腊月底的时候，就只能去集上买些，贴在阳台的玻璃上，迎接新年的到来。

最忆夏夜守瓜时

小时候，每年的暑假，我都是在外公家度过的。外公家有几亩瓜田，种了成片的西瓜。七八月份，是西瓜成熟期，为了防止西瓜被偷或糟蹋，就得有人守瓜了。这个时候，我就会自告奋勇，跟着外公住进瓜田的草棚里，当“守瓜员”。

外公的草棚是用稻草搭建的，里面放着竹条编织的小床，小床上撑着一顶蚊帐，这样躺里面睡觉，既凉快，又没有蚊虫叮咬，还能闻到草木的清香，很是惬意。尤其是在那个既没有空调，又买不起电风扇的年代，穿过瓜棚的清风可比蒲扇摇出来的风凉爽多了。

白天里，天气炎热，小动物都懒得出来活动，瓜田里清静得很，没什么可守的。倒是经常会有行路的乡亲路过。每次，外公都会招呼人家到瓜棚里歇歇脚，顺便切块蜜甜的西瓜，送给人家品尝。

傍晚时分，瓜田就开始热闹起来了。小虫们躲在花叶下，铆足了劲儿，开启了一场盛大的交响乐。青蛙在草丛里，扯着嗓子高歌，一声接着一声，声势浩荡。瓜棚旁的小狗“黑子”，也不甘寂寞，蹲在地上对着天空“汪汪”地叫着，直到把月亮和星星都叫了出来，才肯罢休。

这个时候，就要格外留意“偷瓜贼”了。乡下人淳朴，谁也不会钻进瓜田里偷瓜，但一些小动物却不老实，常常会趁人不备的时候，溜进瓜田，冲着西瓜一顿乱啃，把好好的西瓜糟蹋得不成样子。

有一次，我跟外公吃过饭，正坐在地头上纳凉。忽然，瓜田里传来窸窸窣窣的声音。我们顺着声音望去，发现不远处的几株西瓜藤，在月光下剧烈地晃动。毋庸置疑，定是“偷瓜贼”出现了。我顿时来了精神，摸起身边的手电筒，一个箭步冲了过去，黑子紧跟其后。或许是吃得太入迷，“偷瓜贼”竟然没有察觉到我们的脚步声。我用铁叉挑开西瓜秧，发现了两只正在“作案”的小刺猬，一大一小，它们围着一个西瓜狂啃，把西瓜咬出了个大洞，露出红红的瓜瓤。

刺猬一见到人，立马尿了下来。那只小刺猬躲在大刺猬身后，瑟瑟地蜷缩成小团球，很是可爱。大刺猬则瞪着黑溜溜的眼睛，看着黑子，既胆怯，又勇敢。黑子看着它们，龇着牙，一副凶狠的模样，几次想对刺猬下口，却又无从下口，只能“汪汪”地叫唤。我握着铁叉，很想像书本里的少年闰土那般，英勇地扬起铁叉刺向“偷瓜贼”。可眼前的“偷瓜贼”不是性情凶猛的狗獾，而是蠢萌蠢萌的小刺猬，我哪里忍心对它们下手呀。

正当我左右为难的时候，外公走过来了，看着眼前的情景，笑了笑，说:“原来是刺猬妈妈和它的孩子呀。”我问外公怎么知道它们是母子呢？外公说，全天下的母亲都是一样的，不管是人还是小动物，当危险来临时，身为母亲，都会冲在前面，保护自己的孩子。我似懂非懂地点点头，又问外公如何处置这些“偷瓜贼”。外公抽了口旱烟，不紧不慢地说：“刺猬是捕食害虫的高手，通常是不会破坏庄稼的，除非饿极了，才会偷食几个瓜果。”那一刻，我才意识到，原来这些小动物偷瓜，只是为了生存，并不是存心搞破坏呢。

于是，我们把刺猬母子装进了篮子里，拎到瓜田外的草堆里，并把它们啃过的西瓜一并带来了。我想，它们一定可以踏踏实实地饱餐一顿了。

这么多年过去了，外公家的瓜田早就承包给了别人。但我却始终记得那年的夏夜和夏夜守瓜的时光。我想，今年的瓜棚里，会不会有个小小少年“守瓜员”呢，他遇到那些所谓的“偷瓜贼”，又会怎么做呢？

书皮里的美好时光

九月，开学季。

这个时候，最热闹的地方，当数文具店了。一拨又一拨的家长带着孩子，前来挑选各种学习用品，铅笔、本子、橡皮、尺子……还有必不可少的书皮。当然，我也不能例外。这不，儿子的新书刚领到手，他就缠着我去买书皮了。

来到文具店，我不由自主地“哇”了一声。这里的书皮款式实在是太繁多了，卡通的塑料书皮、文艺的布艺书皮、清新的亚麻纸书皮，还有印着碎花的牛皮纸书皮，琳琅满目。

儿子看看这个，摸摸那个，都喜欢得很，一时拿不定主意，到底买哪种。看着他“苦恼”的小模样，我忽而想起了童年包书皮的往事。

儿时，村里没有文具店，也没有成品书皮。我们用的书皮，大都是用纸裁剪出来，包裹在书上的。包书皮的纸没有特别的讲究，不论是旧挂历，还是旧报纸都可以用。

上小学时，我的书皮都是母亲为我包的。母亲不识字，却对书充满了敬畏。到了发新书的日子，素来忙碌的母亲，会特意在这天抽出时间来，把堂屋里的八仙桌搬到院子里，一遍一遍擦拭着，唯恐遗留下一丁点儿油污，弄脏了新书。

等我放学回到家里，母亲早已把藏在柜子里的挂历纸拿出来了。挂历纸的正面印着花儿、鸟儿、风景等缤纷亮丽的图案，很适合用来做书皮的封面。令人费解的是，母亲却喜欢用背面做书皮的封面。我曾问过她缘由，母亲解释说，书是精神食粮，用简洁素雅的白包裹上更为熨帖，何况，那些花花绿绿的图案，容易分散人的注意力，影响学习。

我似懂非懂地点点头，坐在一旁，兴致勃勃地看母亲包书皮。只见母亲先将新书放在挂历纸的中央，轻轻将纸对折，把书夹在中间，用指腹按压出书皮的大概轮廓来。接下来，用剪刀将多余的部分裁剪掉，并在纸张的上下两个边缘处，剪出两个小口。然后，沿着书边的轮廓线折叠，将书皮的封面和封底折进去，确保它们可以紧紧包裹在书的四周。这样，包出来的书皮既平整又好看，还不会轻易滑落。

母亲包书皮的时候，父亲也不闲着。他将过年写对联时才用到的毛笔和砚台取出来，先以清水将笔毫浸湿，再细细研磨。等到书皮包好，父亲便手执毛笔，悬腕、落笔，在书皮上写几句蕴含期待与鼓励的话语。譬如“好好学习，天天向上”，又或者是“少年好学，将成大器”。接着，父亲又蘸一蘸墨，用蝇头小楷在书皮的右下角，写上我的班级、姓名等信息。而我，则负责把这些书一本一本捧到太阳底下，晾晒。直到墨汁干透，才算完成了包书皮的过程。

看着这些花花绿绿的书皮，我越发怀念起手工书皮了。或许，我怀念的不仅仅是手工书皮，还有包书皮时充满仪式感的过程。细致地折叠与裁剪，是母亲对书的珍重；从容地提笔与落笔，是父亲对我的期待；而年少的我，坐在太阳底下，耐心地等着墨汁晾干，是一个小小少年对新学期的憧憬与渴望。

刹那间，我萌生出一个念头，决定不买成品的书皮了。我要回家找几张白色的牛皮纸，跟孩子一起做手工书皮。让他也能拥有一段书皮包裹的童年时光，珍贵且美好。

母爱秋梨膏

收到母亲寄来的快递，拆开一看是两瓶秋梨膏。装秋梨膏的瓶子用泡沫纸包着，里三层外三层。许是不放心，母亲又在箱子里面垫了些棉花布头之类的东西。

我刚把秋梨膏掏出来，就接到了母亲打来的电话。她问："秋梨膏收到了吧？"我答:"收到了。"她又问:"没有磕坏漏洒出来吧？"我笑:"你包裹得这么细致，想磕坏都难呢。"电话那头的母亲松了口气，说："那就好，你勤喝着点，省得嗓子不舒服，喝完我再给你熬，家里的梨多着呢。"我说："好，我打小就爱喝你熬的秋梨膏，一定会多多喝的。"母亲在那头就笑了起来，笑声里漾着欢喜。

我说的是事实，从小到大，我都对母亲熬的秋梨膏情有独钟。

幼年时，我体弱多病，尤其是到了秋天，天气干燥，又忽凉忽热，我就会反复咳嗽。为此，母亲没少费了心，常常带着我去镇上的郎中那里抓药。但我那会儿，年纪尚小，哪里懂得"良药苦口利于病"的道理，只知道嫌药苦，哭闹着不肯喝。往往是一碗药，喝不了几口就倒掉了。母亲干着急，却想不到更好的办法。

这时，村里的老人给了母亲一个土方子，用梨、蜂蜜、干红枣、冰糖和老姜等材料，熬成秋梨膏，既好喝又治病。

母亲捧着方子如获至宝，开始准备这些原料，熬制秋梨膏。只见母亲将梨削去外皮，用擦板擦成梨肉蓉和梨汁。紧接着，倒入锅里，与去核的红枣和切好的姜一起，小火慢煮。煮40分钟左右，就可以将它们盛出来，倒进笼布里，挤压。挤压完成后，母亲再把剩下的残渣倒掉，只留梨汁，继续文火熬煮。一直煮七八个小时后，秋梨膏就变得黏稠起来了。这样熬煮出来的秋梨膏，酸酸甜甜，很是可口。待自然晾凉后，拌入蜂蜜就可以密封到容器里了。

若是咳嗽的时候，挖上一勺，用温水冲开，喝上满满一碗，症状就会减轻。一般喝上两三天，咳嗽就能痊愈了。

幼年时，我贪嘴。为了能喝上酸甜的秋梨膏，我就会装病，时不时地“咳咳”几声。自以为很聪明，没有被发现。其实母亲心知肚明，她只是宽容着我的小快乐。记得有一次，我又装咳嗽，讨要秋梨膏喝。母亲立马放下手里的活儿，给我挖了一大勺，倒入温水碗里。这时，父亲低声埋怨她：“十个梨子才熬一小罐秋梨膏啊，费钱又费工夫的，你就惯孩子吧。”母亲拦住他的话说：“别吓着孩子，等喝没了我再煮就是了。”那时我才不管费不费钱和工夫，只惦记着碗里的秋梨膏呢。

工作后，每到秋天，我还是会咳嗽。但因为远在他乡，只能从商场或药店里买上一瓶秋梨膏服用。但不知怎的，总觉得买来的秋梨膏没有母亲熬制的好喝。有一次，跟母亲打电话的时候，顺嘴提了一句。没过几日，就收到了母亲寄来的秋梨膏。

从此以后，不管我在哪里，只要秋梨一上市，母亲就会第一时间熬制秋梨膏，并想方设法送到我手里。记得在网上看到一句话：“任何美食都是母亲做的香，那是因为里面满满都是爱的味道。”

母亲的秋梨膏，又怎能例外？

葱油饼里的幸福

我不善厨艺。蒸的米饭，不是太软就是太硬；炒出来的菜，口味不是偏咸就是偏淡，可唯独把葱油饼烙得有滋有味。因此，我家先生常常打趣我，称呼我为“葱油饼小娘子”。他每次吃我烙的葱油饼，都会由衷地赞一句：“真香啊，你这是有祖传秘籍吗？”

我笑，哪有什么祖传秘籍，不过是按照印象里外婆做的步骤，依葫芦画瓢罢了。

记忆里，外婆烙的葱油饼在我们村里无人能及。外焦里嫩，金黄却不油腻，层多且软硬适中。热吃酥脆，凉吃筋道，轻轻咬上一口，满口葱香，令人念念不忘。在那个物质匮乏的年代，我们常吃的是粗糙的玉米面饼子，美味的葱油饼算得上稀罕物。

小时候，我最盼望家里来亲戚了。亲戚一来，外婆必定会烙体面的葱油饼招待他们，我也能跟着解解馋。那个时候，我哪也不去，就像个小尾巴似的，围在外婆身边，看她做葱油饼，揉面、擀面皮，撒葱末、起锅烙饼，从不怠慢每一道工序。

外婆先从面袋子里舀出满满一大瓢面粉，倒入盆里，加上适量的温水，用筷子把面粉和温水搅拌融合在一起，再用手掌不停地揉，直到揉至面团光滑润泽，才放在一旁醒着。趁着醒面的工夫，外婆又颠着小脚跑到门口的菜园子里，拔上一把鲜嫩的小葱，洗净，切碎，装到白瓷碗里，依次加入食盐、植物油、花椒粉等，搅拌均匀备用。

一切准备就绪，就进入了重要的环节，做饼坯。外婆先擀出蒲扇大小的饼皮，再把葱末均匀地铺在上面。雪白的饼皮，绿汪汪的葱末，相互映衬，很是撩人。紧接着，外婆把饼皮两端对折，中间再对折，然后卷起来压住尾部，用擀面杖擀平，一个饼坯就做好了。最后，起锅烙饼。铁锅里倒上少许油，待油热后，将饼坯缓缓放进去，只听锅里“吱吱”声不断，葱油饼的香味便飘散开来，隔着老远，都能闻到它的香味。

葱油饼烙好了，外婆总会先撕下一角，递到我手里，让我尝个鲜。那角金黄酥软的油饼在我手里泛着淡淡的葱香，贪嘴的我忍不住咬上一口，再咬一口，还未走出厨房，就全都进了我的肚子。

渐渐的，日子好了，葱油饼也就成了家常饭，想什么时候吃就什么时候吃，想吃多少就吃多少，日子殷实幸福着。

后来，我在他乡结婚生子，葱油饼又成了我的念想。虽然我所在的城市也有卖的，但都是用油炸的，又腻又硬，并不好吃。

于是，我开始试着做葱油饼，每一道工序都是按照外婆曾经的方式制作。那些手法细节，无须冥思苦想，因自幼耳濡目染，早已铭记在心了。吃着自己做的葱油饼，一口一个咸香，一口一个幸福，仿佛时光在那一刻回到了从前，我还是那个贪嘴的孩子，内心无比温暖踏实。

萝卜灯里庆元宵

不知不觉，正月过半，元宵节如期而至。这时候的年货市场里，挂满了各式各样的花灯。有栩栩如生的兔子灯，五颜六色的走马灯，还有玲珑剔透的荷花灯，一个接着一个，令人目不暇接。一群孩子围在摊位前，看看这个，摸摸那个，一时不知道选哪个更好。

忽然，人群里有人感慨："现在的孩子真幸福，不像咱们小的时候，元宵节只有简单的萝卜灯。"是呀，我在一旁附和着，那会儿的萝卜灯也别有一番趣味呢。

童年的记忆里，过元宵节最重要的事，就是做萝卜灯了。乡亲们在路上相遇招呼，总会顺口问一句："你家做萝卜灯了吗？"对方笑着答："做了做了，不做萝卜灯怎么过节呀。"是呀，没有萝卜灯的元宵节，哪里有过节的气氛呀。

我们家做萝卜灯，是大人孩子齐上阵。母亲把储存在地窖里的萝卜掏出来，挑选出一些模样周正的，清洗去表面的泥土，用刀切成两截，用来做灯身。我们孩子人手一只小勺子，宝贝般地捧着半截萝卜，边挖边唱："大萝卜呀切呀切，你一块我一块。小勺子呀挖呀挖，你一把呀我一把，萝卜灯里庆元宵……"大家笑着闹着，全然忘了这是曾经吃腻了的萝卜呀。

我们把挖去瓤的萝卜交给父亲，由他用小刀雕刻出各种花型图案，有鸳鸯戏水、花开富贵、喜鹊登枝等。还有一些祝福话，四季平安、接祥纳福、身体健康等。雕刻完的萝卜，最后会送到祖母手里。她负责用棉花搓成灯芯，并往萝卜灯里灌菜籽油。这个时候，一向节俭的祖母很是大方，端着油壶往萝卜灯里灌了又灌。

做好的萝卜灯，会分成两部分。一部分是给我们姐妹几个的，这些萝卜灯要在两边打孔，系上细绳，再拴在竹竿的一端，等到元宵节的晚上，提到街上玩耍。另一部分要放在家里的各个地方。譬如，屋里的桌柜上，衣橱边；厨房的灶台上，水缸旁；院里的大树下，猪圈旁；还有大门口两侧的石墩上，房前屋后的瓦块上……到处都有萝卜灯错落有致的身影，祈愿着来年的日子平安如意。

元宵节的傍晚，随着一根火柴的燃烧，夜晚就成了萝卜灯的天下。孩子们提着萝卜灯聚在一起，走遍村子的大街小巷，一边嬉耍，一边摇晃着手里的萝卜灯。大家叽叽喳喳，比谁的萝卜灯最大，比谁的萝卜灯最亮，还比谁的萝卜灯上的图案更精彩。热热闹闹，欢笑声四起，清澈的眼眸里有烛火闪烁。家里的萝卜灯也陆续点亮了，忽闪忽闪的，照着屋里屋外的角角落落。刹那间，一个家变得明媚起来了，紧接着，整个村子变得流光溢彩起来了，到处流淌着元宵节的喜庆。此时此刻，即使星河辽阔，月色清明，都敌不过万千萝卜灯的璀璨。

看着眼前的花灯，我的心再次欢喜起来。虽然，每个年代的花灯不同，但都有同样的意义，那就是给佳节增添气氛，热闹喜庆；给孩子增加快乐，童心童趣；给美好的生活锦上添花，喜乐洋洋。

有趣有盼过小年

母亲打来电话，说："小年那天，你带着孩子回来吧，让孩子感受一下咱们乡下的小年，阵仗比城里热闹哩。"记忆里，乡下人是极为看重小年的，他们用最朴实且隆重的方式，迎接小年的到来。

小年这天，除尘是家家户户必做的一件事，而且是头等大事。我家的除尘，是在吃过早饭后，一家老小齐上阵。祖母在院子里架了一口大锅烧水，红红的火苗在锅底跳跃着。用不了多久，锅里的水就热气弥漫了。她舀一瓢热水，倒入盆里，细致地擦洗零碎的小物件。父亲把屋里的大小家具都搬到院子里，一趟一趟，如蚂蚁搬家般进进出出，乐此不疲。母亲负责扫屋子，她把笤帚绑在长长的竹竿上，然后从房顶到墙壁，一通猛扫，把积压了一年的灰尘、蜘蛛网都清理得干干净净。我们孩子负责给大人打下手，一会儿帮祖母添柴，一会儿帮父亲搬桌椅板凳，一会儿又跑去给母亲递毛巾，兴奋得不得了。除尘结束，所有的物件都被擦得锃明瓦亮，充满了精神气。屋里屋外也都打扫得一尘不染，满院子都透着明净幸福的味道。

在老家，小年又叫灶王节，因此祭灶也是必不可少的仪式。乡下的灶台墙壁上，都贴着一张灶王的画像，并附有一副对联：上天言好事，下界保平安。我家的祭灶，是由一家之主的父亲点燃一挂鞭炮开始的。傍晚时分，在一阵阵响亮的鞭炮声中，母亲把提前备好的香烛点上，又把供品摆在灶王的画像前，嘴里念念有词，大都是让灶王爷保佑家人平安的话。我们孩子最盼望的是，等这些仪式完毕，一家人围在一起吃供品的美好时光。平日里吃不到的饺子、红枣、点心，还有蜜甜的麻糖，都可以敞开肚皮吃。这是可以尝得到的幸福，空气里到处都是甜蜜的滋味。

小年除了除尘祭灶，还有异彩纷呈的“小年戏”——舞狮子、唱大戏、踩高跷，一派锣鼓喧天。午饭过后，咚咚锵锵的锣鼓声率先拉开了“小年戏”的帷幕。人们顺着锣鼓声匆匆奔去，街道上聚满了男女老少。舞狮人披着大红大黄的狮子服，表演翻腾跳跃，活灵活现，引来阵阵喝彩声；踩高跷的人在脚上绑上两根长木头，穿上鲜艳的衣服，手持舞蹈扇，像个巨人一样扭着大秧歌，翩翩起舞，甚是壮观；唱大戏的角色们，身姿曼妙，唱腔婉转旖旎。咿咿呀呀中，看戏的人们便融进了千百年前的时空里，体味着戏里的百味人生。精彩的节目令人眼花缭乱，大家三五个一群，看看这个，再看看那个，有说有笑。一串串笑声点燃了小年的欢乐，一张张笑脸勾勒出小年的喜庆。

想着乡下的小年，我忍不住扬起了嘴角。旋即告诉母亲，小年那天，我一定会带孩子回去，一起感受家乡小年的仪式感。

红灯高挂照新年

大红灯笼高高挂，张灯结彩迎新年。

临近年关，一盏盏灯笼挂满了小城的每个角落。商铺的门前，挂上了一只只贴着福字的灯笼；热闹的广场里，点亮了一对对精巧别致的灯笼；连大街小巷的树上，都挂满了一串串多彩多姿的花灯。夜幕降临时，满眼都是金光闪耀，如虹似霞，美不胜收。

看着眼前灿烂热闹的场景，我想起了儿时的红灯笼。

小的时候，日历刚刚翻到腊月，我就掰着手指头数日子，盼着过年。过年不仅有好吃的，有新衣服，还有明亮温暖的红灯笼。

在我的老家，每年除夕的前一天，村里的人家都会在自家大门上挂灯笼。经济宽裕点的人家，会到镇上的商店里买红绸的灯笼，鲜艳明亮；而拮据点的人家，也会买几张红纸，扎一对纸质的灯笼，点缀一下新年喜庆的气氛。印象里，我家的灯笼，都是父亲自己动手做的。他用竹篾扎出灯笼的骨架，再用铁丝编一个牢固的架托，用来放盛煤油的小碗，最后再蒙上一层红纸。很快，一对美观结实的红灯笼就做好了。

那会儿，我家窘迫，过日子要精打细算，家里的开销能省则省。但母亲却舍得花两天的油盐钱，买几张红纸做灯笼。我极为不解地问母亲：

“咱家的房子又矮又破，挂上红灯笼也没有人家大房子气派体面，为什么要浪费这个钱呢？”母亲看着新做好的红灯笼，从容地回答：“红灯笼代表着美满与祥和，跟春联窗花一样，是过年必不可少的装饰，更是点亮幸福生活的密码。”

等到除夕夜，家家户户的灯笼都被点亮了，明亮的火苗，在灯笼里跳跃着，荡起一圈一圈的红光，驱赶着夜晚的寒气与黑暗。大红的灯笼，照亮了门框上的春联，照亮了家门前的路，也照亮了新一年的盛景。人从灯笼下走过，从头到脚，熠熠生辉。仿佛旧年里的疲劳辛酸都烟消云散了，唯有新的希冀在一盏盏红灯笼的照耀下，激活着，发酵着，氤氲着，升华着……

做灯笼余下的下脚料也不会被浪费掉，而是做成了一串串的小灯笼。有圆形的，方形的，也有爱心形的。做好的灯笼用铁丝固定在竹竿或木棍上，方便手提。年三十，孩子们提着红彤彤的小灯笼，到处拜年。成群结队的孩子，成群结队的红灯笼，在大街小巷汇聚成河，流淌着温暖明亮的光芒，晃成一片片吉祥红。孩子们见到长辈，问一声过年好，就能得到几块花花绿绿的糖果作为奖励。欢笑声里，孩子手里的灯笼挑得更高，灯笼的色彩也显得更加红艳，浓郁的年味儿如雾气涌动，从红灯笼里渐渐弥漫开来。

如今，生活好了，各式各样的灯笼登上了新年的舞台。它们承载着一年又一年的热闹，见证着一代又一代人的美好。我漫步在灯的海洋里，看到赏灯的人们，给这个红灯笼拍照，在那个花灯下留影。华美的灯光里，人人脸上都洋溢着满满的欢喜与憧憬。

又是一树柿子红

暮秋初冬，小区里的柿子树上挂满了密密匝匝的果实，在高远的苍穹下沸沸扬扬地燃烧着。碧天如水，柿红如丹，这景致比一旁的红叶还要醉人。北宋诗人仲殊有诗云：“未过华林芳蒂，色兼阳井沈朱。轻匀绛蜡裹团酥。不比人间甘露。”

在我的老家，几乎家家户户的门前都种有一棵柿子树。每到秋季，大有“隔岸人家西日外，数株红柿压疏篱”的韵味。

乡下种柿子树，一是图它的谐音寓意，“开门迎好事（柿）”、“事事如意”、“事事红火”等。你想啊，深秋时节，万物萧瑟，唯有它撑着一树火红，喜气洋洋着。一抬眼，就看到那些悬挂在树梢的柿子，色泽鲜亮，个头饱满，如一群憨态可掬的胖娃娃，闹闹嚷嚷着，人的心情便不自觉地多了几分明亮和欢喜。二是因为柿子是既好吃又亲民的水果。那个年代，乡下的物质匮乏，到了秋冬时节，苹果、鸭梨等紧俏的水果是吃不起的，但柿子仿佛是可以源源不断出现在果盘里的，甚至在大雪天里都可以从树梢上摘下几颗冻柿子解馋。

我家的柿子树是祖母栽下的。我记事时，已有碗口粗壮，枝杈嶙峋横斜，远远望去，高大婆娑。

三四月份，桃树、杏树、梨树已是花开灼灼的时候，柿子树才慢悠悠地长出几片嫩芽；五六月份，樱桃开始成熟了，柿子树才不温不火地吐出淡黄色的小花；初秋时节，梨子开始收获了，柿子还是一身青涩的模样。我觉得它总比旁的树木都要慢一拍。但祖母说："万物生长都有各自的规矩脾性，急不来的，匆匆忙忙是一生，气定神闲也是一生。"

我才不关心柿子树是什么脾性规矩，只关心什么时候可以吃上甘甜如蜜的柿子。记得有一次，我看着树上又大又红的柿子泛起了馋瘾，偷偷爬到树上摘下一颗，刚咬了一口就赶紧吐了，真涩啊。祖母笑着摇头，说："傻孩子，霜降摘柿子，立冬打软枣，只有经历过霜降的柿子才会去掉涩味，吃起来脆甜清爽。"

我等啊盼啊，终于等到了霜降时节。此时，一树的柿子都染上了薄露微霜，在杲杲秋阳里泛着酡红的光泽，温暖可爱。我迫不及待地爬上树，摘下一颗柿子，一口咬下去，蜜甜蜜甜的，满嘴生津，小小的心里满是甜蜜。

摘下来的柿子，祖母是舍不得吃的。她会把它们整齐地码在竹篮里，挎到城里去卖，换些油盐钱。若是卖完柿子，天色尚早，祖母会在城里转转，给我买些精巧的文具，削笔刀、花铅笔等。每每这时，我心里总是欢喜的。

现在，商场里的水果一茬接着一茬，桃子、橘子、大枣，想吃什么就买什么，柿子对我便没有太大的吸引力了。

前日，祖母打来电话，说："家里的柿子树结了一树柿子，又大又红，过几天就可以吃了，你回家吃吧，可甜了。"我听着电话，眼前晃过昔日的时光，高大蓬勃的柿子树，矮小慈祥的祖母，还有年幼的我站在树下仰望，一脸喜悦和期待。我告诉祖母："周末我就回家，去吃柿子，去看祖母，去触摸儿时的好时光。"

父母的七夕

接到父亲打来的电话，他说计划着到城里逛逛，给母亲买点礼物。我问他怎么想起来买礼物了。他在电话那头颇有些不好意思地说："明天就是七夕了，你妈还没有过过这个节日呢。"我恍然大悟，便跟他逗趣："您也跟着赶时髦啦！"父亲呵呵地笑着，一再嘱咐我千万别跟母亲透露消息。我心想：这老头儿真浪漫，还要整个惊喜呢。

第二天，父亲一大早就赶来了。他说自己一个大男人，不知道七夕节该买什么礼物合适，想让我陪他给母亲选礼物。我正好有空，就陪着他去了小城的商场。我们来来回回转了几圈，都没有父亲中意的礼物。忽然，有对小情侣抱着一大束花从旁边经过，父亲的视线刹那间被吸引了过去，目不转睛地看着。良久，他才回过神，斩钉截铁地说："闺女，咱们去花店，给你妈买花去！"

来到花店，父亲看看这个，嗅嗅那个，像个孩童走进了玩具店般兴奋。挑选良久，父亲终于选了一大束玫瑰花，一问价格，两百多。让我颇意外的是，买双袜子都要砍价的父亲竟没有半分含糊，很爽快地掏钱付款。我要扫码付款，父亲执意不肯，说是他买的才有意义。听他这么说，我只好作罢。

我开车送父亲回老家，一路上他把花捧在怀里，小心翼翼。即使我跟他讲，可以放在座位上，我开车会小心的，他仍是不放心。我很好奇，一向木讷的父亲怎么会送花呢？父亲看出了我的疑惑，讲起了他跟母亲的爱情故事：父亲年轻时家里很穷，几间茅屋摇摇欲坠，即便是到了婚嫁年纪，也没有人前来提亲。祖母倒是托了几个媒人，但人家女方一看家庭条件，都婉言拒绝了。唯有母亲，不嫌弃父亲家境贫寒，不顾家人反对非要嫁给他。当时，旁人定亲都是要买新衣服鞋子的，父亲买不起，母亲就说："你送我束花就当定亲礼了。"于是，父亲就上山采了一大捆五颜六色的花，把母亲娶进了家门。

父亲说，这一辈子母亲跟着他吃了不少苦，现在日子好了，他要把那些年的亏欠补回来，从一束玫瑰开始。

到了家里，母亲正在做饭，锅里煮的都是父亲爱吃的菜。看见父亲捧着的玫瑰，她以为自己眼花了，揉揉眼，千真万确是一束玫瑰花呀。父亲双手将花递给母亲，郑重其事地说："老婆子，七夕节快乐！"母亲看看父亲，又看看花，便笑了起来。笑着笑着，她的眼泪就毫无征兆地掉落下来，父亲忙给她揩泪，说："你别心疼，没花多少钱，不信你问闺女。"母亲破涕为笑，说："我才没有心疼钱。"

我提议给他们拍张照片，父亲揽着母亲，母亲怀里抱着象征着爱情的玫瑰。我喊一二三，他们不约而同地看着对方，四目相对，满眼柔情。时光仿佛静止了，父母就这样亲密着，地老天荒。

端午粽香

端午节还没到，粽子就摆满了商场的货架，肉粽、蛋黄粽、八宝粽、榴梿粽，让人眼花缭乱。粽子的包装盒更是精美，雕龙刻凤，里面铺了柔软的金丝绒，几枚粽子卧在里面，一副高不可攀的模样。我便想起小时候的粽子来，那时候的粽子没有太多讲究，往往都是家里有啥就放啥，大豆、小豆、花生、红枣都可以，青绿的苇叶包裹着雪白的糯米和简单的配料，古朴简约，很是平易近人。

在老家，母亲包的粽子最是俊俏，每一枚都能单独站立，即使煮熟了，也不会松散，而味道更是让人赞不绝口。每当端午的前几天，我家就热闹起来了，来来往往，都是来找我母亲帮忙包粽子的人，她们一只手拎着糯米和配料，另一只手抱着一束苇叶，这个说，她婶子，麻烦你给帮帮忙，我家孩子就爱吃你包的粽子。那个说，她大娘，我这两天地里的活紧，腾不出手来，这包粽子的活还得辛苦你啦。母亲并不推诿，微笑着接过大家手里的东西，并一一报数，谁家的原料能包多少个粽子。母亲包的粽子多了，打眼一看原料，就能估算出粽子的数量，从未有过偏差。

端午这天，母亲半夜就起床了，泡苇叶，剔枣核，裹粽子，包完这家的，再包那家的，忙忙碌碌，累得直不起腰来，但她却从未收过任何报酬。不是人家不给，是母亲不肯要。我亲眼看见很多人往母亲手里塞钱，或者是留下几个粽子，作为辛苦费，但都被母亲义正严辞地给拒绝了，她说，大家都是乡里乡亲的，她不过是举手之劳，要报酬可就见外了。别人拗不过她，只好作罢。

有一年，祖母生了场大病，不仅花光了家里的积蓄，还欠了一堆债务。那段日子，我们日日稀粥配咸菜，过得格外艰辛。本以为到端午节这天可以改善一下伙食，吃上香甜的粽子，却从母亲口里得知，家里穷得只剩小米和棒渣了，今年只能过一个没有粽子的端午节了，这令我很是沮丧。

端午节的前两天，我家又来了不少请母亲包粽子的人，看着他们手里提着一兜兜包粽子的原料，我羡慕不已。母亲照例接过那些东西，给每个人估算粽子的数量，但唯一不同的是，那些人并不像往年一样，放下东西就走，而是有一句没一句地和母亲聊天，聊祖母的病情，聊家里的状况，每个人都宽慰着母亲。今年找母亲帮忙包粽子的人格外多，也格外奇怪，他们似乎很好奇别人家的原料，不是张婶解开了李婶家装红小豆的袋子，就是王奶奶扒拉开了李大娘的糯米兜子……

端午这天，我刚起床就看见母亲蹲在院子里对着一堆盆盆罐罐出神，走近了一看，那些器皿里都余下不少原料。这个盆子里有点糯米，那个盆子里剩点豆子，那个碗里余下几枚红枣。母亲喃喃自语："这是怎么回事呀，每个粽子的分量大小没变，怎么每家的原料都会多出一点呀？"正疑惑着，人们陆陆续续来取粽子了。母亲指着余下的那些料，一脸愧疚，说："真对不住了，不知怎的余下了这些料，因为不是一家的，我不好做主包在一起。"邻居们都笑着说："我就拿包好的那些粽子，余下的料可不是我们的，你自己看着处理吧。"母亲忙说不行，让他们把各家余下的料都拿走。

这时，李奶奶说，那些料原本就是给我们的，怕母亲不肯收下，大家才偷偷放进去的。至于，谁放的啥原料，又放到哪家的兜子里了，他们不记得，也就没法拿走了。闻言，母亲感激万分，一个劲儿地跟大伙道谢。李奶奶摆摆手说，谢什么，咱们乡里乡亲的，谁家还没困难的时候。

就这样，母亲用乡亲们给的原料，给我们包了各种口味的粽子，满满一大锅，够我们一家人吃好几天的呢。那是我吃过的最香的粽子，也是我第一次明白了什么是邻里情长。

善良无痕

今年的冬天冷得特别早。刚立冬没几天，气温就骤然下降。母亲早已给孩子们做好了贴身的棉衣，几次打电话催我回去取，我都有事耽搁了。母亲很是着急，便赶紧坐班车送了过来。我去车站接她的时候，阴沉的天空开始飘起了雪花，细碎的雪粒在北风里飞溅，寒意又增了几分。

大老远便看见母亲瑟缩在车站门外，胳膊上挎着装有棉衣的帆布兜子，时不时地搓着双手取暖。我忙小跑两步，唤了声妈，嗔怪她怎么不去车站的等候室等我，非要在这吹冷风。母亲说在车里闷了一路，这会儿正好透透气。这么冷的天哪里需要透气，分明是她为了让我少走几步路寻的借口。我忙接过帆布兜放在车里，一转身，发现母亲跑向了不远处的糖葫芦摊子。卖糖葫芦的是个比母亲还大些的老人，她热情地跟母亲介绍着，都是上好的麦芽糖熬的糖稀，山楂是一颗颗挑出洗净的，吃起来酸甜可口，不粘牙。母亲边掏钱边说：“把这些都给我装上吧，我外孙子可喜欢吃了。”卖糖葫芦的老人一愣，继而惊喜不已，她忙不迭地道谢：“今天买糖葫芦的人少，真是谢谢你了，瘫在床上的老头子还等着我回去做饭呢。”母亲笑着：“我也要谢谢你呢，我外孙子看见这糖葫芦指不定多开心呢。”

上了车，我疑惑地问母亲怎么买这么多糖葫芦，她明知道孩子们不喜欢吃甜食，母亲落花般地叹息一声：“那年你生日，也是这样的下雪天，我在集市上卖菜，想着卖完菜给你买热乎乎的肉包子，可是，一直到天黑都没有卖出几捆菜，那会儿妈就盼着有人把咱们的菜都买走……”母亲喃喃自语，家里的人盼着她早回去呢。我一怔，母亲是在生活的泥泞里挣扎过的人，所以看到旁人深陷其中，总忍不住拉上一把。

回到家里，孩子们欢天喜地试着新棉衣，围着外婆“叽叽喳喳”地亲个不停。我的目光落在母亲的身上，记忆里并未见过她有这么一件棉衣，紫色的，有些陈旧。迎上我的目光，她微微低下头，抚着衣角的褶皱，说：“这是你李婶的，好看吧。”我一听急了，声音不自觉高了几分：“前些天不是给你买了一件白鸭绒的羽绒服吗，你怎么还要人家的！”被我这么一吼，母亲有些手足无措。她局促地坐在沙发上，小声解释着：“这两年，你李婶家日子过得紧巴，儿子生了场大病，不能干活，还得常年吃药，家里的开支全靠她走街串巷地卖豆腐支撑着，我看羽绒服抗寒，就跟她换了。”母亲偷偷瞥我一眼，眼神小心翼翼。我跟母亲说：“送给李婶就好了，我再给你买一件，何必再要这件破旧的。”母亲笑着摇摇头：“傻孩子，你李婶那么要强的人，白给的，她怎么会要，我跟她说我喜欢这件棉衣的颜色和款式，找了好几个地方都没买到，央了她几天，她才同意换的。”

我嘴上说着您也真是的，心里却溢满了无限的敬意。记得在网上看过一段话：表达善良最体面的方式，不是居高临下地施舍，而是不动声色地维护对方的尊严。我的母亲，一个平凡的女人，她不识字，不曾学过“善欲人见，不是真善”的道理，她不上网，亦讲不出“真正的善良，是不动声色的成全”的话语，可母亲却又真真切切地做到了善良无痕。

迟到的和解

下班回家，远远就看见母亲站在我家小区门口，手里提着一个瓦罐，不停地朝我回家的方向眺望。我赶紧小跑几步，母亲也看到了我，她赶紧迎了过来，问：“还没吃饭吧？”我点点头，问母亲怎么突然过来了，母亲将瓦罐举到我跟前，晃了晃说：“我包了你最爱吃的酸菜馅饺子，这会儿还热着呢。”

母亲冻得通红的脸上挂着谦卑的笑，小心翼翼地解释：“没提前给你打电话，怕给你添麻烦。”我一时间什么话也说不出，赶紧接过瓦罐，目光落在母亲身上，她穿的是我淘汰下来的外套和裤子，这些衣服肥大，瘦小的母亲穿着极不合身，可她却宝贝似的穿在身上。

下午，我带母亲上街买衣服，给她买一套，再给父亲买一套。可母亲看看这个，说不要，看看那个，也不要。一个劲儿地说，家里衣服多着呢，穿不完。我知道母亲怕我花钱，只得硬买了两套，付钱的时候，母亲忙不迭地掏口袋，说：“妈有钱，你看。”我看过去，她手里攥着几张票子，四五百块钱的样子。我把她的手挡了回去，抢在她前面付了钱，告诉她，我刚发了奖金。母亲捧着衣服，嗔怪道：“你这孩子，真拿你没办法。”语气里有掩不住的满足和幸福。

我怔住，拿你没办法这种话，母亲好多年不曾说过了。印象里，母亲最早说这句话的时候是在我幼年时。那个时候，我是个极为淘气的孩子，而母亲，还是个年轻的妈妈。父亲长年跟着建筑队外出，瘦弱的母亲便挑起了一家子的吃喝拉撒，从田间地头到厅堂厨房，打理得井井有条。故而，她整个人都是风风火火的，连脾气都是，每每我们姐妹几个犯了错，母亲要么扯着嗓子训斥，要么抡着鸡毛掸子打，气势汹汹的。

印象最深的一次，我欺负同学，被人家家长找到家里。母亲一听，二话不说，顺手拎起笤帚满院子追着我打，我左躲右闪，逮着机会爬到了院子的桂树上。我倚在树杈上故意哼着小曲，母亲不会爬树，只能站在树下干瞪眼："死丫头，你以为我拿你没办法，你给我等着！"我冲母亲做了个鬼脸："你上来啊！"

母亲没有上来，却搬了个凳子坐在树下纳鞋底，一针又一针，不知疲倦。我在树上待倦了问："您今天不下地吗？"母亲仿佛没听到，头也不抬。又过了好一会儿，母亲还端坐在树下，我再问："该到做饭的时间了吧？"母亲看一眼我，回了两个字："不饿。"可是我饿啊，不仅肚子咕咕叫唤，而且双脚有些发麻。再等一会儿，母亲还不起身，我终是熬不过她，灰溜溜地爬下了树。脚刚着地，就被母亲揪住了耳朵，挨了一顿胖揍。

打那起，我淘气惹事的性子收敛了许多，直到青春期。我十五岁开始叛逆，变成了最叫大人头疼的孩子，我把头发烫成了爆炸头，跟街上的小混混学抽烟，满口脏话，并且经常逃课，更重要的是，我不怕母亲了，我敢对着母亲瞪眼，敢迎着母亲的巴掌挑衅："有本事，你打死我。"母亲的巴掌停在半空，幽幽叹了口气："你大了，我拿你没办法了。"看着颓然的母亲，我冷笑着走出了家门，心里有种报复般的快感。

我在外面逛呀逛呀，直到后半夜才磨磨蹭蹭往家走。刚到村口就看到一个黑影在四下张望，我知道那是母亲，可我不理她，兀自一个人往家的方向走。母亲看到我，似乎松了口气。她向前几步，想牵我的手，却被我甩开了。母亲愣了一下，问：“闺女，饿了吧，妈回去给你热饭。”回到家里，母亲张罗着给我热饭，祖母将我拉到一边，低声说：“丫头啊，你妈在村口等了你一天，连口水都没喝，她是担心你的，你就不能体谅体谅她？”我望向厨房，母亲背对着我，我清楚地看到她抬手擦眼泪的动作，无助又落寞。我的泪抑不住地往下落，白日里张牙舞爪的胜利感消失殆尽。刹那间，心如刀割般疼痛。

后来，我拉直了头发，不抽烟，不喝酒，认真读书，尽量不给母亲惹麻烦。可母亲似乎被我吓怕了，跟我说话做事都小心翼翼，甚至带着些讨好我的卑微。我明白，她是怕我们的关系再次剑拔弩张。我与母亲，就这样在岁月里生分起来。纵然是我自己有了孩子，慢慢体会到母亲当年的处境，我坚硬的心也柔软下来，可每次面对母亲时，我都会不自觉地掩饰着内心的情愫，表现出一副轻描淡写的样子。

回去的路上，母亲执意自己拎着衣服。她说：“乖乖呀，你上班累一天了，妈有的是力气。”夕阳里，母亲步履蹒跚，我上前牵起她的手，母亲有些不习惯，显得惊慌失措。她的手往回缩了一下，又顿住了，手指微微颤抖。我握紧了她的手，将头伏在她肩上撒娇：“外面车多人多，你走丢了，我就是个没有妈疼的孩子了。”母亲局促地笑着，笑着，眼角泛起泪光。她下意识地握住我的手，说：“今天风真大，都眯了我的眼睛。”我伸手替母亲拭去泪水，郑重地说了声：“妈，对不起。”

这么多年来，我终于跨过内心的万重山水，与母亲和解，与自己和解。

桃花世界里的深情时光

我喜欢桃花。每年的春天，我都是要追着看的，从花开到花落。

城里的桃花并不多，护城河旁有零星几棵，掩映在大片的垂柳里面，不喧不闹，没有什么看头。

看桃花，自然要去城外。山野里的桃树多，山脚下有，山坡上有，连山顶也有，一棵挨着一棵，一片连着一片。桃花盛开的时候，是一望无际的浅粉，浩浩荡荡。这个时候，站在山顶眺望，春风拂过山峦，拂过桃林，无数的桃枝随风起舞，花影飘摇，山野美成人间仙境。

这几日闲来无事，我便驱车去城外看桃花。乡野广阔，一路上都有赏花的人，沿着开满桃花的小路，慢慢走着。有些早开的花瓣已缓缓坠落在地上让人不自觉放轻了脚步，唯恐惊扰了这一枚枚粉色的梦。遇到一对正值青春年华的情侣，女孩在密密的花枝间穿梭，一步一回头，巧笑嫣然，像一朵行走的桃花。男孩举着手机跟在她身后，目光紧随，深情款款。他不停地抓拍，每一张都是女孩靓丽的身影，在他眼里。她才是春天的主角。

山脚下有一处老院子，木门、石屋、泥墙。它们在蓝天白云的映衬下，静谧安详，唯美成一幅剪影。院里有棵桃树，半个身子已高出院墙，稠密的花朵，不急不徐地开着，颇引人注目。我被这景象牵住了脚，刚在墙外驻足，就听见几声狗叫。正欲离去，只见院里走来一位老人，慈眉善目的，很是亲切。我上前打招呼："老伯，您这桃树有年头了吧？"老人看着那棵桃树，嘴角漾起笑意："可不是呢，都成我的老伙计了，长得好吧？"我点头："真好，是真的好。"

正说着，刚刚那对小情侣也走了过来。男生指着那棵桃树问："伯伯，我们能跟这棵树合影吗？"老人笑："可以呀，你们进来喝口水吧。"进了院子，我仔仔细细打量着那些花朵，朵朵红晕浸染，美得令人心醉。

老人的妻子端来了茶水，我们几个围坐在树下的石桌旁闲聊着。我问："老伯，就您二人住在这里吗？"老人答："还有大黑呢。"我随老人的目光望去，墙边趴着一只黑色土狗。那狗听到自己的名字，便摇着尾巴跑来，趴在老人脚边，极为温顺。"您家的孩子呢？"我又问。老人答："都去城市安家啦，他们倒是三番五次地接我们进城，可我们不去，都走了，大黑怎么办，我这老伙计怎么办？"老人用枯瘦的手掌抚摸着桃树的身躯："它可是我家老婆子为了给我酿桃花酒，亲手栽的。"他抿了一口茶，眼神落到身旁的妻子身上，笑得满脸生辉说："我家老婆子最会酿桃花酒，我喝了一辈子，都没喝够。"一旁的妻子有些不好意思了，红着脸推了他一把，说："死老头子，又瞎说。"老人的妻子抬手将垂在耳边的碎发绾好，我这才注意到她别着一支桃木的发簪，古朴别致。还未等我问起，她便兴奋地告诉我们，说："这木簪是老头子亲手做的，从结婚到现在，每年做一支，从未落下过。"她的语调里有掩饰不住的欢喜。

小情侣在一旁听着，满眼艳羡。我知道，他们艳羡的不只是桃木簪子的雅致，更是桃花世界里的深情时光。小情侣提出想跟老人夫妇合影，老人高兴地答应了。他们背靠着桃树，各自牵起爱人的手，两两相望。

此时，太阳光柔和着，桃花们昂着粉嫩的小脸儿，正打量着这个世界，是人生初相见的模样啊！按下镜头的一瞬间，时光静止，地老天荒。漫天的桃花开在眼里，身边的人，烙在心里。这世间，最美的情缘，唯有从青丝到白头的不离不弃。

父亲的书屋

前两日，接到父亲打来的电话，他在电话里支支吾吾地说："马上父亲节了，你能不能送我个礼物啊。"

记忆里，父亲从未主动给我要过东西。即便是平日里，我给他买件衣服，买箱水果都要被他数落半天，说什么你们挣钱不容易，在城里生活哪都费钱，能省就省，等等。如今，他主动要礼物，倒让我很意外，愣了愣，忙不迭地答应着，又问他想要什么礼物。父亲答："你给我带些书回来吧。"

我这老父亲，不喜欢抽烟喝酒，也不喜欢打牌下棋，就爱读书。可我明明才给他买了十几本，他这么快就读完了吗？父亲似乎猜到了我的疑惑，又解释说，他想要些儿童读物，就是我儿子读过的那些就行。我有些纳闷，人家说返老还童是指容貌，他怎么连看书都返老还童了？我忽然想起来，前些日子父亲来我家，正赶上我整理书架。他站在儿子的书架前，看了又看，还抽出几本书，翻看着，神情很是欣喜。当时，我并未过多在意，以为那不过是父亲的好奇罢了。

周末，我带着这满满一箱子书回了老家。推开门，就看见父亲跟一群孩子围坐在一起，手里各自捧着一本书，读得津津有味。听到我的动静，父亲忙起身，目光落在我怀里的箱子上，我说："您要的书，都带来了。"父亲顿时雀跃起来，打开箱子，把书整齐地码放在院子里的石桌上，并对那些孩子说："孩子们，这些书都是咱们的啦，你们喜欢吗？"那群孩子欢呼着，把我围在中间，这个说谢谢姑姑，那个说姑姑真好……

我的疑惑终于被解开。原来，村子里没有阅览室，孩子们想看书就得到镇上的书店。镇上离我们村十多里地，孩子不能自己去，要等大人们空闲，极为不方便。更何况人家书店里的书，也不让孩子一直免费看。父亲想着，反正他的藏书多，便专门腾出了一间屋子办了免费书屋。可他的书又都是成人的读物，孩子们看不懂，他就想到了跟我讨要些适合孩子的书籍。父亲说，他在我家的时候翻阅过这些书，都是极好的。

我去参观了父亲的书屋，屋内正中间放了两张桌子，几把椅子，靠墙的位置放着一排书架，上面码放着一些书，分门别类，很是整齐。父亲说，书架是他自己做的，别看模样不好，可结实了，能放几百本书呢。

看着一脸自豪的父亲，我心生感动，告诉他，我的朋友们都有很多闲置的书，正愁没地方处理，我回去跟他们讨要来，都送给他。父亲很是开心，一个劲地说："太好了，那真是太好了，这是你给爸最好的礼物。"我说："爸，这间书屋也是你给孩子们最好的礼物呀。"父亲就突然不好意思了。他嘿嘿地笑着："不过是顺手的事，反正我也要看书的，倒不如大家一起看……"

此时，孩子们正坐在葱茏的树下读书，空气里到处弥漫着蓬勃的气息，这是父亲的礼物氤氲出来的书香时光啊！

后记

为什么要选“让阳光在心底盛开”来做这本书的名字呢？是因为这句话，承载了我对生活的期盼和感悟。

年少时，我踏上“北漂”的列车，一个人在陌生的城市里跌跌撞撞；二十几岁，远嫁到千里之外，为人妻，为人母，在婚姻的琐碎里，尝尽冷暖；后来，带着两个孩子回到久别的故土，重新开辟天地，也是各种辛酸。

回首自己的前半生，虽说有艰辛，有坎坷，也有茫然，但无论如何，我心里都会有一束阳光，明亮且温暖。这束阳光，是陌生人的一个微笑，是好友不计回报的帮扶，是孩子乖巧懂事的眉眼，是父母厚实质朴的双手……

为什么会有这本书呢？

在写作的路上，我很幸运，结识了很多热情的伙伴，比如若凡、仙儿、沅芷姐姐、亦文等。我很有福气，遇到了许多和善的导师，从最开始的红娘子老师，到蒋光平老师，再到沉香红老师。也正是有了这些良师益友的鼓励和陪伴，我才得以开启写作的旅程，并坚持走下去，遇到更好的自己。

出版《让阳光在心底盛开》这本书，沉香红老师和凌翔老师给了我莫大的帮助。

与沉香红老师结缘，是在文友的推荐下。我崇拜香红老师的人格魅力。她善良、真诚，无论是在指导学生还是与他人交往中，都能让人感受到温暖和信任；她谦逊、勤奋，尽管拥有丰富的知识和经验，但依然不断学习，带动着更多人去写作。对我来说，沉香红老师不仅是我的写作导师，也是我的人生导师，给了我很多向上的力量。

写作这几年，我发表了不少的文章。在读者朋友和老师们的鼓励认可下，我终于有了集结成册的勇气。于是，沉香红老师给予我多方面的帮助，更是在百忙中抽出时间，为这本书写了序言。

在这本书的出版过程中，我遇到了主编凌翔老师。他工作认真，待人也随和，一直都是特别细致地帮我校对稿件，提出很多专业的建议；又根据文章的风格，细心地帮我设计合理的章节，直至排版定稿。这期间，凌老师对我的帮助，我是一直记在心上的。

人这一生，总会经历或多或少的风霜雨雪，总会陷入或深或浅的泥潭。但，你要相信，总会有一束阳光在我们心底盛开，温暖岁月的薄凉，照亮人生的苍茫。

在以后的日子里，我会继续坚持用文字记录生活，将那些温暖和感动传递给更多的人。再次感谢大家，正是因为你们的陪伴和鼓励，我的文字才能得以生长。

前路漫漫，终会灿灿。幸好有你，感恩陪伴。